KB094897

강한
금강불괴 되다

강한 금강불괴 되다 7

김대산 현대 판타지 소설

초판 1쇄 찍은 날 § 2019년 12월 24일
초판 1쇄 펴낸 날 § 2019년 12월 31일

지은이 § 김대산
펴낸이 § 서경석

총괄팀장 § 노종아
편집책임 § 강민구
디자인 § 소소연

펴낸곳 § 도서출판 청어람
등록번호 § 제387-1999-000006호
등록일자 § 1999. 5. 31
어람번호 § 제1-3073호

주소 § 경기도 부천시 부일로 483번길 40 서경B/D 3F (우) 14640
전화 § 032-656-4452 팩스 § 032-656-4453
http://www.chungeoram.com
E-mail § chungeorambook@daum.net

ISBN 979-11-04-92112-4 04810
ISBN 979-11-04-92031-8 (세트)

MODERN FANTASTIC STORY

강한 금강불괴 되다 7

김대산 현대 판타지 소설

강한 금강불괴되다

Contents

제7부. 구대마존맥(九大魔尊脈)

제7장

옥상에서

보조 걸쇠

금요일 밤이다. 사람들이 가장 좋아한다는! 물론 김강한처럼 특별히 하는 일 없이 시간만 때우는 백수 처지에서는 다른 날과 별다른 감흥의 차이를 느끼기 어려운 것이지만! 어쨌든 원룸의 시간은 금방금방 간다. 그날이 그날 같다.

'어느새 하루가 다 갔네?'

싶은데, 돌아서면 벌써 일주일이 지나가고 있다.

그가 인터넷의 바다를 이리저리 떠다니다가 밤이 제법 깊었나 싶어 시계를 보니 10시를 조금 넘긴 시간이다. 애매하다. 다시 바다로 뛰어들기는 좀 지루하고, 그렇다고 잠을 청하기에는 좀 이르고! 그때다.

쿵! 쿵! 쿵!

누군가 노크를 한다. 아니, 노크라기에는 크고 거칠기까지 한 소리다. 그런데 이런 시간에 노크를 할 사람이 없다. 더욱이 저렇게 거칠게는!

어쨌든 김강한이 일단 문을 열려 하다가는, 우선 보조 걸쇠를 먼저 채운다. 302호 아가씨가 볼 때마다 하는 충고인데, 오늘은 깜빡하고 벗겨놓은 채로 있어서다. 원래는 벽에 걸린 인터폰에 모니터로 방문자를 확인하는 기능이 있는데, 건물주가 1층 현관의 카메라와만 연결시켜 놓은지라 막상 문 밖의 상황은 볼 수가 없다. 문에 달린 작은 유리 구멍으로 밖을 확인할 수도 있지만, 보조 걸쇠를 채운 데다 그렇게까지 조심을 더하고 싶지는 않다. 그가 문을 조금 열고,

"누구세요?"

하고 묻는데, 밖의 방문자가 느닷없이 문을 확 잡아당긴다.

덜~컹!

보조 걸쇠가 움직임이 허용된 궤적의 끝 지점에서 거칠게 부딪치며, 부서질 듯이 위태로운 소리를 낸다. 그러나 걸쇠는 본래의 기능에 충실하며 용케 잘 버텨준다.

열린 틈새로 보니 건장한 사내들 여러 명이 문 앞과 복도에 버티고 서 있는데, 사뭇 험악한 기세들이다.

그놈이다

"문 열어!"

거친 외침이 있더니, 바로 이어,

"야! 문 뜯어버려!"

하고 다른 목소리가 차갑게 외친다. 그러자 손에 쇠지레며 절단기 등의 중(重)장비—조용하던 원룸 건물에 갑자기 등장한 기세에서는 그런 정도의 위압감이 느껴진다—를 든 사내들이 문 앞으로 다가선다. 김강한이 이윽고는 당황스럽다. 이게 도대체 무슨 상황인지에 대한 판단이 서지를 않는다. 물론 겁나는 건 아니지만!

사내들은 정말로 문을 뜯을 셈인지 예의 그 중장비들을 곧장 문에다 들이댄다. 그런 데 대해서는 김강한의 입장에서도 좀 껄끄럽다. 문이 손상되면 그 보상 책임이야 문을 손상시킨 자들에게 지우면 된다고 치더라도, 그 과정에서는 그로서도 번거롭고 성가신 일들을 피할 수 없으리라는 계산에서다. 우선 건물주에게 이렇게 저렇게 해서 그렇게 되었다는 사정을 설명해야 할 의무가 그에게도 있지 않을까? 또 그걸 고치는

데 기술자를 부르고, 집 안으로 사람을 들여야 하고, 고치는 데 발생할 소음이며 먼지며……

"잠깐! 잠깐만……!"

김강한의 급한 외침에 중장비가 일단은 문에서 떨어진다. 그가 최대한 차분하고도 고분고분하게 덧붙인다.

"문을 열 테니까, 그 전에 도대체 뭣 때문에 이러는지 이유만이라도 좀 압시다!"

그때다. 불쑥 문 앞으로 다가와서는,

씨~익!

하고 비릿한 느낌으로 웃는 얼굴이 있다. 그놈이다. 402호 밥맛! 순간 모든 게 확연해진다.

어떻게 하라는 겁니까?

김강한이 보조 걸쇠를 풀고 문을 연다. 어디까지나 고분고분하게! 그러자 당장에 거친 손아귀들이 그의 어깨를 틀어잡는다. 한눈에 훑어보니 사내들은 십여 명이 넘는다. 중장비를 든 두 명에, 쇠 파이프를 든 네다섯 명, 그리고 나머지는 맨손이다.

"한심한 놈!"

조금은 일부러 가라앉히는 것도 같은, 묵직한 저음의 목소리다. 목소리의 주인은 작달막한 키에 비해서는 비대하다 싶을 정도의 굵은 몸집을 지녔고, 앞머리가 선명할 정도의 M자형 대머리인 초로의 사내다. 그런데 그 말이 402호 밥맛에게 한 것이고, 또한 많은 눈들이 지켜보는 앞에서 놈 소리를 듣고도 밥맛이 감히 기분 나쁜 표시를 내기는커녕 곧바로 움츠러드는 시늉이라는 데서, 그 초로의 사내는 아마도 밥맛의 아버지쯤으로 짐작이 된다.

"쯧쯧……!"

밥맛을 향해 다시금 혀를 차고 난 다음에야 초로 사내의 시선이 김강한에게로 향한다.

"니가 감히 내 아들을 건드렸냐?"

그 말에서는 이윽고, 초로 사내와 밥맛의 관계가 확인됨과 동시에, 초대받지도 않은 불청객들이 이처럼 거칠고 험악한 방문을 한 이유가 또한 분명해졌다고 하겠다. 그러나 초로의 사내, 밥맛 아버지의 그 질문에 대해서 어떻게 대답을 해야 할지가 설핏 난감하기에, 김강한이 의도치 않게도 희미하게 실소를 머금고 만다. 순간 밥맛 아버지의 얼굴에도 덩달아 실소가 맺힌다. 어이가 없다는 것이리라!

"웃어? 너 지금 나보고 웃은 거니?"

밥맛 아버지의 그 말에 대해서는 김강한이 다시금 실소할 수밖에 없다. 얼마 전에 들었던 적이 있던 말이다. 밥맛에게서! 토씨 하나 다르지 않게! 밥맛 아버지가 잠시 더 김강한을 노려보고 있더니, 애써 차분한 투로 다시 말을 꺼낸다.

"어이, 봐라! 니는 내가 어떤 사람인지 모르겠지만, 내 말 한 마디면 니는 바로 죽은 목숨이데이! 지금 여기서 바로 죽일 수도 있고, 나중에 어느 때, 어느 장소에서라도 내 맘대로 니를 죽일 수 있다는 말이다! 그러니까 비명횡사당하고 싶지 않으면, 괜히 시끄럽게 굴지 말고 순순히 하라는 대로 해라! 알겠나?"

"순순히… 어떻게 하라는 겁니까?"

김강한이 처음으로 물은 데 대해서, 밥맛 아버지의 얼굴이 설핏 굳어진다. 김강한이 사뭇 덤덤한 기색인 때문일까? 이쯤에서는 당장 무릎부터 꿇고 잘못했다고 빌거나, 최소한 잔뜩 겁에 질린 시늉쯤으로는 되어야 정상일 텐데 말이다. 그런데 김강한이 조금도 겁을 먹은 기색이 아닌 데다, 오히려 여유로워 보이는 데 대해서,

'뭐, 이런 시건방진 놈의 새끼가 다 있나?'

하는 정도의 기분으로 된 것이리라!

정말 고맙고도 대단한 일

"내가 피 보는 걸 좋아하는 사람은 아니다! 그러니까 딱 반

을 만큼의 빚만 받고 살려주도록 하지! 니가 내 아들 팬 것만큼! 거기에다 이자 조금만 더 붙여서 맞자! 깔끔하게!"

밥맛 아버지의 목소리가 차갑게 가라앉는다. 그러나 김강한이,

"뭐 그럽시다!"

하고 별 주저함도 없이 간단히 받는데, 그런 수수로움에 대해서야 밥맛 아버지가 이윽고는 확 인상을 그리고야 만다.

"뭐 이런 새끼가 다 있어? 이거, 완전 또라이 아냐? 야! 이 새끼, 무릎 꿇려!"

"예! 회장님!"

곧장 사내 둘이 우악스럽게 달려들어서는 김강한의 어깨를 짓누른다. 그런 와중에도 김강한은 방금 나온 '회장님!' 소리에 대해 잠깐의 여운을 가져본다. 무슨 재벌 회장이라도 되는 건가? 그런데 그때다.

쾅~!

302호의 문이 벌컥 열린다. 그리고 제법 앙칼진 목소리가 복도를 울린다.

"지금 뭣들 하시는 거예요? 당장 그 사람 놔주세요! 안 그러면 경찰에 신고할 거예요?"

그러나 302호 아가씨가 그런 정도의 앙칼짐으로 사내들에게 겁을 주거나 위축시키려 했다면, 계산을 한참 잘못한 것일

터다. 경찰에 신고할 거라고 소리칠 게 아니라, 경찰에 신고부터 하고 쥐 죽은 듯이 방에 가만히 있는 것이 바른 계산이리라! 더욱이 이내 떨려 나오고 마는 목소리에다, 잔뜩 겁에 질린 표정이 확연해지고 마는 그녀의 모습은 차라리 애처롭다.

그러나 김강한은 충분히 알고도 남음이 있다. 그 유순한 성격에, 그녀가 지금 얼마나 큰 용기를 내고 있는 건지! 정말 고맙다. 이제 안 지 얼마 되지도 않는, 그래서 서로의 이름이 무엇인지도 모르고 그저 '302호 아가씨!'와 '301호 아저씨!'로 부를 뿐인, 기껏 그런 정도의 이웃을 위해서 이런 큰 용기를 내준다는 건, 정말 고맙고도 대단한 일이다.

거기가 조용하거든요! 방해할 사람도 없고!

"방에 들어가 있어요!"

김강한의 말이 짐짓 단호하다. 그러나,

"아저씨……!"

덜덜 떨려 나오는 목소리에서 302호 아가씨는 금방 울음이라도 터뜨릴 듯하다. 그런 그녀를 짐짓 냉정하게 외면하며, 김강한이 밥맛 아버지를 향해 말한다.

"여자가 보는 앞에서 쪽팔리기는 싫습니다! 옥상으로 올라가시죠? 거기가 조용하거든요! 방해할 사람도 없고!"

한결 고분고분하게 바뀐 말투다. 그러나 이번에는 아마도 주객(主客)이 완전히 전도된 듯하다는 데서, 밥맛 아버지가 다시금 어이없다는 얼굴로 되며 뱉는다.

"또라이 새끼……!"

그리 치열하지도 않은

김강한이 옥상으로 통하는 철문을 열고는 안내라도 하듯이 앞장선다. 그 뒤를 밥맛 아버지 일행이 따라서 옥상으로 들어선다.

"문 잠그죠?"

김강한의 그 소리에는 밥맛 아버지가 하릴없이 다시금의 실소를 뱉고 만다.

철~컹!

철문이 잠긴다. 그리고 그것이 신호이기라도 한 듯이 김강한의 몸이 폭발적으로 움직이기 시작한다. 십팔수다.

퍽!

파~박!

타격음에 이어,

"악!"

"큭!"

격한 비명들이 터져 나온다. 뒤늦게 경각한 사내들이 쇠 파이프를 휘두르며 반격을 시도한다. 그러나 김강한의 부드럽고 여유로우면서도 종잡을 수 없는 움직임을 도무지 따라잡을 수가 없다. 김강한은 쇠 파이프가 날아다니는 공간의 틈새를 가볍게 빠져 다니며, 툭툭 건드리듯이 사내들의 명치를 치고 목울대를 치고 관자놀이를 친다.

그럼으로 해서 일 대 십의 그 싸움은 그리 치열하지도 않은 중에, 사내들이 속속 옥상 바닥에 나동그라진다. 김강한을 제외하고는 유이(唯二)하게 밥맛 부자만 자신들의 두 발로 바닥을 딛고 서 있는 중에, 밥맛 아버지의 얼굴이 벌겋게 달아올라 있다. 경악하기보다는 치미는 화를 애써 누르고 있는 모양새다.

깔끔하게

"모두 무릎 꿇어!"

겨우 몸을 추슬러 일으키고 있는 사내들을 향해 김강한이 나직이 외친다. 사내들이 흠칫 경직되며 엉거주춤한 모양새들로 되는데, 김강한이 주변 바닥에 나뒹구는 쇠 파이프 하나를 집어 든다.

"셋을 셀 때까지도 서 있는 놈은 아작을 내준다! 하나! 둘!"

그러나 김강한이 셋까지는 셀 필요가 없다. 이미 사내들 중에서 서 있는 자는 없으니까! 그가 천천히 밥맛 아버지를 향해 돌아선다.

"자! 이제 어떻게 할 겁니까? 지금 상황에서는 맞아줄 수가 없겠는데……?"

그 말에 밥맛 아버지의 얼굴이 숫제 시뻘겋게 변하고 만다.

"이……! 감히 누구 앞에서 이따위 수작질이야? 너, 내가 누군지 알아?"

김강한이 역시나 밥맛에게서 이미 들어봤던 레퍼토리다.

"당신이 누군지 내가 알아야 돼?"

김강한의 말투가 문득 차갑게 변한다.

"뭐… 뭐? 너… 너 누구야? 도대체 뭐 하는 놈이야?"

"내가 누군지도 모르면서 한밤중에 똘마니들 앞세워서 우르르 몰려오셨나? 나이만 많지 않았으면 같이 그냥 확 패버리는 건데… 이번 한 번은 봐주도록 하지! 그러나 공짜는 아니고, 당신 아들이 대신 좀 값을 치러야겠어!"

그리고 김강한이 흘깃 시선을 돌리는데, 시선을 받은 밥맛이 그대로 얼어붙고 만다.

"너! 이쪽으로 나와!"

김강한이 나직이 뱉는다. 그러자 밥맛이 감히 거역하지 못하고 힘겹게 걸음을 떼는데, 부들거리며 떨리는 다리가 사뭇 애처롭기까지 하다. 상대가 어떤 사람인지 미처 모르는 상황에서 당할 때와, 한번 진저리 쳐지도록 지독하게 당했던 상대에게 다시 당해야 할 때의 공포는 도저히 비교할 수가 없는 것이리라!

"나는 말이야! 사람에게 쇠 파이프 같은 거 휘둘러 대는 무식한 짓거리 되게 싫어해! 그런 무자비한 짓거리를 사람한테 하면 안 되는 거잖아? 그리고 그런 거 함부로 휘두르는 놈들이나, 또 그걸 시키는 놈들은, 지들도 직접 쇠 파이프에 맞아 봐야 한다고 생각해! 그래야 '아! 사람한테 함부로 쇠 파이프를 휘두르면 안 되는 거구나!' 하는 실감을 뼈저리게 느낄 수 있을 테고, 또한 그래야 다음부터는 그런 무식하고도 무자비한 짓거리를 안 하게 될 거라는 거지!"

밥맛이 이윽고는 하얗게 질리고 만다. 그러나 김강한이 무심한 체, 들고 있던 쇠 파이프를 허공에다 가볍게 한 번 휘두르며 덧붙인다.

"자! 그런 뜻에서 일단 5대! 그리고 네 아버지를 대신해 값을 치른다는 뜻에서 다시 5대! 합해서 10대만 맞자! 깔끔하게!"

"아……! 자, 잠깐!"

밥맛이 소스라치며 외치고는 주춤 뒤로 물러선다.

서영한 회장은 자신에게로 향하는 아들 서민준의 다급하고도 절절한 애원의 눈길을 애써 외면한다. 지금은 그로서도 어쩔 수가 없다. 놈의 완력이, 그가 데리고 온 열 명의 경비 인력을 간단히 때려눕힐 정도로 대단할 것이라곤 미처 상상하지 못했던 일이다. 그의 실수고 불찰이다.

그러나 그가 좀 더 치밀하지 못하고 방심을 한 때문이건 혹은 어디에서 무엇이 잘못되었건, 어쨌든 지금으로서는 벌어진 상황을 감당해야만 한다. 세상의 이치란 게 본래 그렇다. 평생 남에게 굽히지도 않고, 꺾이지도 않고 살 수 있다면 좋겠지만, 그러나 선택받은 극소수를 제외하고는 그러기 어렵다. 세상의 대다수에게 적용되는 이치는, 내가 힘이 없을 때는 감당하고 견뎌야 한다는 것이다. 대신 내가 힘이 있을 때 누리면 된다. 감당하기 싫고 견디기 싫다면, 항상 누리고만 싶다면, 수단 방법을 가리지 말고 스스로의 힘을 키우고 유지해야만 하는 것이다. 어쨌든 지금은 감당하고 견뎌야 할 때다. 그는 굴욕을! 그의 아들은 고통과 공포를!

그러나 가장 중요한 건 결과다. 마지막에 웃는 자가 모든 것을 다 가지는 법이다. 그리고 마지막에 웃을 사람은 당연히 그다. 그것은 이미 분명하게 정해져 있는 사실이다. 그는 그럴 만한 충분하고도 넘치는 능력과 힘을 가지고 있다. 그가 가진 능력과 힘은, 지금 그로 하여금 잠깐의 굴욕을 맛보게끔 하고 있는 놈의 단순무식한 완력 따위와는 근원적으로 다른 차원의 것이다. 그럼으로써 놈의 단순무식한 완력 따위로는 결코 감당할 수 없는 절대적인 것이다. 그리하여 단지 잠깐일 뿐인 이 굴욕과 고통의 순간을 넘기고 난 다음에, 되갚아주면 되는 것이다. 그와 그의 아들이 감당하고 견뎌낸 굴욕과 고통의 열 배, 백 배로! 아니, 그 이상으로!

기왕 맞는 거 똑바로 맞아라!

"자! 엎드려뻗친다! 셋 셀 동안에 자세 안 나오면, 한 대씩 추가된다? 하나! 둘……!"

김강한의 차가운 엄포에 서민준이 잔뜩 질린 얼굴로도 엉거주춤 엎드려뻗쳐를 한다. 김강한이 거침없이 쇠 파이프를 내려친다.

퍽!

"악!"

호된 비명과 함께 서민준의 몸뚱이가 곧장 바닥으로 무너지더니, 숫제 바닥을 뒹군다.

"아홉 대 남았다! 자세 바로 해라!"

김강한의 경고에도, 서민준은 뼛속까지 울리는 고통에 아주 진저리를 치는 모습이다. 그러나 김강한이 다시,

"하나!"

"둘!"

숫자를 세고,

"세~엣……!"

하는 소리가 다 떨어지기 전에 재빨리 바닥을 기어 온 서민준이 다시 엎드려뻗쳐 자세를 취한다.

"이건 어디까지나 널 위해서 하는 말인데, 기왕 맞는 거 똑바로 맞아라! 자칫 잘못 맞아서 척추라도 상하면, 평생 불구로 살아가야 하는 수가 있으니까!"

김강한이 나직이 주의를 준다. 이어 그의 쇠 파이프가 다시금 허공을 가른다.

퍽!

"아~악!"

비명과 함께 서민준이 이번에도 튕기듯 옆으로 몸을 굴려 나간다. 그러나,

"여덟 대 남았다! 하나! 둘……!"

김강한의 담담한 카운트에는 서민준이 다시금 온 힘을 다해 원위치로 복귀하며 자세를 취한다.

퍼~억!

"크!"

…….

퍽!

"악!"

"네 대 남았다!"

…….

퍽!

"크~으~윽!"

"자! 이제 마지막 한 대 남았다! 자세 바로 하고!"

서민준이 이제는 바닥을 뒹굴 기력도 없는지 그대로 바닥에 늘어져 버린다. 그러나 김강한이,

"하나! 둘……!"

하고 숫자를 세는 소리에는, 부들부들 몸을 떨며 혼신의 힘을 다해 자세를 만들어간다. 그런 그의 허벅지 부위에는 질척거릴 만큼의 피가 옷 밖으로 배어 나와 있다. 서영한 회장은 계속되는 아들의 비명에도 표정의 변화가 없다. 그의 시선은 내내 무심하게 먼 곳을 향해 있다.

퍽!

"크~으… 으윽……!"

여지없이 바닥으로 무너지더니, 서민준이 이제는 무의식적이다시피 다시금 자세를 취하기 위해 안간힘을 쓴다. 그런 중에,

"끝!"

하는 소리가 있자, 그대로 축 늘어져 버리고 만다.

한 번만 더 내 눈에 거슬리면?

뎅~그랑!

김강한이 내던진 쇠 파이프가 시멘트 바닥에 떨어지며 삭막한 울림을 토해낸다.

"오늘은 이 정도로만 하지요!"

다시 바뀐 김강한의 말투에 서영한 회장이 시선을 마주 부딪친다. 그러나 차마 저항의 의지를 담지는 못하고, 그저 응시만 하는 모양새다.

"그렇지만 만약 한 번만 더 내 눈에 거슬리면? 그때는 진짜… 이런 거 저런 거 안 가리고 그냥 확……! 뭉개 버립니다?"

김강한의 차분한 위협에 대해서도 서영한 회장은 그저 지긋하게 입술을 깨물 뿐이다.

"자! 그럼 살펴들 가시기 바랍니다!"

여전히 무릎을 꿇고 있는 사내들을 포함해 모두에게 인사를 남긴 김강한이, 성큼성큼 걸어서 옥상 출입문 쪽으로 향한다.

덜~컹!

그의 등 뒤로 철문이 저절로 닫히고, 그가 천천한 걸음으로 계단을 내려갈 때다.

짝~!

짜~악!

하는 소리와,

퍽!

퍼~억!

하는 소리, 그리고 그 사이사이로,

"윽!"

"으~윽!"

하는 나지막한 비명들이 이어진다. 철문 너머의 옥상에서 나는 소리들이다.

큰 구상에 제법 잘 부합되겠기에 해보는 기대

김강한은 쓴웃음을 머금는다. 전혀 계획하지 않았던 돌발적인 일이다. 굳이 캐볼 것까지는 없을 일이지만, 몇 가지 정황들만으로도 밥맛의 아버지는 제법 많은 것을 가진 위치에 있는 것으로 보인다. 재력이니 권력이니 하는 따위들 말이다.

더하여 밥맛의 아버지는 자신의 위치와 능력에 대해 과신과 과시욕을 가지고 있을뿐더러, 상당히 극단적이기까지 한 충동성을 지닌 것으로도 보인다. 그런 것은, 밥맛이 그에게 당한 뒤에 경찰에 신고하기보다는 곧장 아버지에게 일러바친 것에서, 또 그 아버지가 자신이 직접 아들의 복수를 해주겠다고 패거리를 끌고 온 데서도 능히 미루어 짐작해 볼 수 있는 일이다.

또한 짐작해 보건대, 밥맛의 아버지는 이대로 쉽게 물러날 사람이 아니다. 비록 전혀 계산에 두지 못했을 그의 압도적인 무력 앞에서는 일단 숙이는 체를 했지만, 내심으로는 이를 가는 모양새가 뚜렷해 보였다. 주변의 평범한 사람들 사이에서도 사소한 다툼이 접점을 찾지 못하고 극단으로까지 치달아가는 경우가 아주 드물지는 않은데, 밥맛 아버지와 같은 성향의 인물이 이번과 같은 일을 당하고도 그냥 조용히 물러나기를 기대하기는 어렵지 않을까?

물론 상관없을 일이다. 이 일로 인해 이제부터 또 어떤 일이 벌어지게 된다고 하더라도, 그런 것에 미리 신경을 쓸 필요는 없을 터다.

솔직하게는, 이번 일이 이대로 싱겁게 끝나지 않게 되기를, 오히려 은근하게 기대하는 마음도 있다. 그를 노리고 있을 어떤 존재들에게 그를 쫓을 수 있는 자취를 꾸준히 남겨두고자 하는—너무 분명한 자취는 그 존재들에게 오히려 의심과 경계를 줄 수도 있을 것이니, 그저 우연하고도 평범한 정도의 흔적을 남겨두고자 하는— 그의 큰 구상에 제법 잘 부합되겠기에 해보는 기대다.

일방적인 선의는

"혹시 다른 곳으로 이사 갈 생각 없어요?"

김강한의 그 물음이 당황스러웠던 모양이다. 302호 아가씨가 두 눈을 동그랗게 뜨며 반문한다.

"예?"

"아니… 알고 보니 이 동네가 꽤나 험악한 곳인데, 여자 혼자서 살기에 겁나지 않아요? 더욱이 저쪽에서 또다시 무슨 해코지를 할지도 모르는 일이고……!"

302호 아가씨의 얼굴이 설핏 어두워진다.

"그건 그렇지만… 계약이 아직 반년 넘게 남아 있어서요! 여기 보증금을 빼지 않고는, 다른 데다 다시 방을 얻을 형편이 못 되거든요……!"

김강한이 더는 말하기가 어렵다. 건물주에게 보증금을 좀 빼달라고 쉽게 부탁할 일도 아니다. 건물주라고 해도 갑부 축에 드는 것은 아닐 터다. 원룸에서 나오는 월세로 생활하는 것으로 보이는데, 더욱이 원룸으로 봐서는 비수기라고 할 한겨울에 계약기간이 아직 반년이나 넘게 남아 있는 방에 대해

통 큰 호의를 보이기를 기대하기는 어려운 노릇일 터다.

물론 건물주가 보증금을 내주는 걸로 하고, 그가 대신 돈을 마련해 줄 수도 있다. 그러나 그것은 그다지 마뜩한 방법이 아닐 것이다. 302호 아가씨의 입장은 전혀 생각하지 않고 그가 일방적으로 베푸는 선의는, 그녀의 자존심을 상하게 할 수 있을 것이다. 혹은 그녀의 일상과 삶에 함부로 끼어드는 무례함이 될 수 있으리라!

결론적으로, 그는 그냥 가만히 있기로 한다. 만약 그가 염려하는 문제가 일어난다고 치더라도, 그들이 노리는 목표는 어차피 그일 터다. 애꿎은 그녀가 피해를 당할 까닭이야 딱히 없어 보인다.

제8장
—
추적

비통상적인 조짐

옥상에서의 그 일이 있고 난 뒤 일주일쯤이 흐르고 있다. 아무 일도 일어나지 않았다. 302호 아가씨도 늘 그 시간에 출근하고, 크게 다르지 않은 시간에 규칙적으로 퇴근한다. 그녀가 괜히 어려워할 것 같아서 그가 당분간은 마주치는 일을 일부러 피하고 있는 중이긴 하지만, 302호의 문이 여닫히는 소리에 근거해서다.

그런데 오늘 저녁! 전혀 아무 일도 일어나지 않고 아주 통상적으로 흐르던 일상에, 한 가지 비통상적인 조짐이 생기고 있는 중이다. 302호 아가씨가 아직 퇴근하지 않고 있다. 평소 그녀의 퇴근 시간이 가지던 오차범위를 사뭇 유의하게 넘긴 시간임에도!

그러나 그가 당장에 어떤 대응 조치에 나서기 위한 계기나 근거로 삼기에 그 조짐은, 아직까지는 그저 미미한 것에 불과할 뿐이다. 그녀는 직장인이다. 오늘따라 일이 밀렸을 수도 있고, 예정에 없던 회식이 생겼을 수도 있고, 또 혹은 마음에 두고 있던 남자가 갑자기 데이트 신청을 했을 수도 있을 것이다.

그렇더라도 그 미미한 조짐으로 인해, 그의 잔잔하고도 규칙적이던 일상의 한 귀퉁이가 작은 손상을 입은 듯이 불편감이 드는 것은 사실이다. 그리하여 그는 밖으로 나가보기로 한다. 괜한 불편감도 떨쳐 버릴 겸, 핑계 삼아서 오랜만에 술이나 한잔할 생각이 들어서다. 목구멍이 화끈거릴 정도의 독한 놈으로! 안 그래도 얼마 전 가까운 편의점에 40도쯤의 크게 비싸지 않은 양주가 진열되어 있는 것을 본 적이 있다.

적어도 그런 믿음은 있다

편의점 가는 길에 그는 자꾸만 앞쪽 멀리를 건너다보게 된다. 혹시 302호 아가씨가 오나 싶어서다. 그런 스스로의 모습에는 쓴웃음이 나기도 한다. 자칫하다간 오해받기 딱 좋은 시추에이션이 아닌가 말이다.

하긴 뭐, 오해받고 싶어도 오해해 줄 사람도 없는 외로운 처지다. 진초희가 곁에 있어서 보고 있는 것도 아니고 말이다.

물론 진초희가 본다고 해도, 그녀가 이런 정도를 가지고 오해를 할 여자는 또 아니다. 혹시 당장에는 기분 나빠할 수도 있겠지만, 그래도 적어도 그에게 해명을 할 기회는 주고 나서 그다음에 오해를 하든지 원망을 하든지 할 여자인 것이다.

그녀에 대해서라면, 적어도 그런 믿음은 있다.

나만 좋으면 될 일

편의점 진열대에는 예의 그 40도쯤의 크게 비싸지 않은 양주가 딱 2병 진열되어 있다.

'2병 다 살까?'

괜한 욕심이 생기는 것을 김강한이 애써 떨쳐낸다. 그리고 양주 한 병을 들고 계산을 치르고 나오려다 보니, 안쪽 구석에 작은 테이블 하나와 의자 몇 개가 놓여 있다. 그는 아직 한 번도 이용해 보지 않았지만, 손님들이 앉아서 커피를 마시거나 컵라면 등을 먹을 수 있도록 해놓은 모양이다.

안주를 사지 않았거니와, 원룸으로 돌아가도 안주거리가 마땅찮다. 하긴 처음부터 그냥 독주의 화끈한 목 넘김만 간절했을 뿐, 안주에 대한 생각은 없었다. 더하여 302호 아가씨가 퇴근하는 걸 확인할 수도 있는 위치라, 김강한이 테이블로 가서 의자 하나를 차지하고 앉는다. 양주병의 마개를 딴 그가 잔도 필요 없이 그냥 병째 한 모금을 마신다.

"크~으!"

좋다. 기대했던 대로의 화끈한 느낌이 목에서부터 식도를 타고,

찌르~르!

전율을 일으키며 넘어간다. '깡소주'도 아닌 '깡양주'를 들이켜는 모습에 대해 누가 보면 이상하게 생각할 법도 하리라! 그러나 뭐 어떤가? 누구에게 피해를 주는 것도 아닌데, 나만 좋으면 될 일이다.

아직 이름도 모르고 있었다

김강한이 규칙적으로 한 모금씩 목구멍으로 양주를 삼키는 외에는 그저 망연하게 편의점 바깥쪽으로 시선을 던져두고 있는 중이다. 그때다. 누군가 그의 옆 의자를 차지하고 앉는다. 힐끗 곁눈질로 보니 많이 되어봐야 스물두셋으로밖에 안 보이는 젊은 친구인데, 앞머리를 노랗게 물들인 모습부터

가 그리 곱게 보이지는 않는다. 그러나 아무나 앉으라고 있는 의자이니 뭐라고 할 건 아니다.

"어이, 형씨! 우리 잠깐 얘기 좀 나눌까?"

노랑머리가 불쑥 얼굴을 가져다 대며 하는 말이다. 대뜸 뱉는 반말과 능글맞은 눈빛에서 노골적인 시비의 느낌이 물씬하다. 그러나 김강한에게는 불쾌함보다는 성가시다는 생각이 앞선다.

"초면에 무슨 얘기를 나눌 게 있겠소? 나 그렇게 한가한 사람 아니니까, 그냥 조용히 그쪽 볼일이나 보시오!"

"크~흣! 한가한 사람이 아니래!"

노랑머리가 키득거린다. 그러더니 다시 김강한에게 말을 던진다.

"홍수연이가 지금 우리 손에 있는데도, 그렇게 튕길 거야?"

김강한이 설핏 의아하다. 그로서는 처음 듣는 이름인 까닭이다.

"홍수연? 그게 누군데?"

김강한의 그런 반응에 대해서는 노랑머리가 언뜻 당황스럽다는 시늉이더니, 미간에다 얕게 세로 주름을 만들며 말을 주워섬긴다.

"형씨… 저기 앞에 보이는 원룸에 살잖아? 뭐라더라? 더웰? 아니, 두웰인가? 제기랄! 원룸이면 그냥 무슨 원룸이나 무슨 텔이라고 하면 될 걸, 하여간 별로 잘나지도 않은 것들이 꼴값을 떤다고 꼭 알아듣지도 못할 이상한 이름들을 갖다 붙이더라고? 니미! 하여간 지랄도……."

노랑머리가 한바탕 걸쭉한 욕설이라도 뱉을 것 같더니 짐짓 말을 줄였다가는 다시 잇는다.

"그런데 홍수연이를 왜 모른다는 거야? 거기 같이 살잖아? 당신 깔치라고 하던데?"

깔치? 김강한이 곧장 알아듣지는 못하다가, 노랑머리가 슬쩍 들어 보이는 새끼손가락에서 그것이 여자 친구나 애인쯤을 의미한다는 걸 짐작해 본다. 그러고는 문득 확연해진다. 302호 아가씨를 말하는 것이다.

'이름이 홍수연이었던가?'

그러고 보니 그는 아직 그녀의 이름도 모르고 있었다. 어쨌거나 노랑머리는 그와 그녀의 관계에 대해 아주 터무니없는 오해를 하고 있는 것이다. 그러나 또한 어쨌거나, 그녀가 놈들의 손에 있다는 말에 대해서는, 그것의 사실 여부를 막론하고 그가 무시할 수는 없는 노릇이다.

"곱게 따라 나오셔!"

노랑머리가 가볍게 장난이라도 치는 것처럼 빙글거리는 얼굴로 자리에서 일어선다. 그리고 놈이 힙합 리듬을 타듯이 껄렁거리며 밖을 향해 나가는 도중에, 아까부터 심상치 않은 기색으로 상황을 살피고 있던 편의점 주인과 설핏 눈이 마주친 모양이다.

"어이, 꼰대! 뭘 그렇게 꼬나봐? 눈 안 깔아? 동태 눈깔 확 파버린다?"

아들 같은 나이의 어린 녀석에게 상상도 못 한 폭언을 들은 오십 대의 편의점 주인이 흠칫 소스라치며 황급히 시선을 피한다. 김강한이 가볍게 한숨을 쉬고는 일어서서 천천한 걸음으로 놈을 뒤따른다. 그가 편의점 밖으로 나서자, 기다리고 있었던 듯이 젊은 사내 녀석들 넷이 그의 좌우로 따라붙는다. 노랑머리와 함께 온 놈들이리라!

유쾌할 수는 없는 노릇

놈들이 김강한을 데리고 간 곳은 인근 건물의 지하 노래방이다.

"어서 오세요!"

추운 날씨에다 아직 초저녁이라 손님이 없던 차에 대여섯 명의 손님들이 우르르 들어서자, 카운터를 지키고 있던 마담인지 여주인인지 사십 대의 여자가 반색을 한다. 그러나,

"아줌마! 우리 제일 안쪽 룸으로 들어갈 테니까, 부를 때까지 아무도 들어오지 마! 알았어?"

노랑머리의 거친 말과 날카로운 기세가 풍기는 서슬에 여자는 단박에 질리고 만 듯이 재빨리 고개를 끄덕인다.

룸의 문을 닫은 노랑머리가 노래방 기기를 틀자, 스피커에서 쿵쾅거리는 반주가 흘러나오며 고막을 들썩거리게 만든다. 김강한이 가만히 서서 놈들이 하는 모양을 지켜보고만 있는데, 놈들 중의 하나가 성큼 곁으로 다가선다. 그리고 한 팔로 그의 어깨를 감싸 안듯이 잡아당기는데, 동시에 그의 옆구리로 뾰족한 뭔가가 쑤시고 든다. 칼이다.

그러나 놈의 칼끝은 가볍게 외단에 가로막히고, 그러자 오히려 칼을 찌른 놈이 흠칫 놀라고 마는 모양새다. 김강한이 굳이 분노를 일으키지는 않는다. 그러나 다짜고짜 칼을 쑤시고 드는 놈에 대해 유쾌할 수는 없는 노릇이다. 이건 그냥 처음부터 죽이려고 작정을 했다는 얘기가 아닌가?

쿡!

김강한의 팔꿈치가 간단히 놈의 명치에 박혀든다. 놈이 입을 딱 벌리지만, 비명을 지르지는 못한 채로 두 눈만 하얗게 까뒤집으며 바닥으로 무너진다. 노랑머리와 나머지 세 놈들이 그제야 놀란 기색들로 된다. 그러나 놈들이 미처 어떤 반응을 할 틈은 없다. 김강한이 바람처럼 룸 안을 한 바퀴 휘돌며, 놈들의 목젖이며 관자놀이며 명치를 찌르고 치고 찍어버린 탓이다.

"컥!"

"악!"

"크!"

"윽!"

놈들은 짧은 비명을 토해낼 뿐, 속수무책으로 무너진다.

지금 이 순간에 문득 드는 기분은 그렇다

"너희들 누가 보냈니?"

김강한이 노랑머리에게 담담한 투로 묻는다.

"크… 으! 뭘 누가 보내? 뭔 개소리야?"

노랑머리가 여전히 고통에서 벗어나지 못한 중에도 이를 악물며 대꾸한다.

"너 그러다 진짜 죽는 수가 있다?"

"훗! 새끼가 웃기고 자빠졌네! 그래, 새끼야! 죽여라! 개소리 집어치우고 어디 죽여보라고! 개새끼야!"

짝~!

호된 소리와 함께 노랑머리의 얼굴이 한쪽으로 홱 돌아간다. 그러곤 깜빡 기절을 하고 마는 모습이다. 김강한이 그런 놈의 관자놀이를 툭 건드리자, 놈이 설핏 정신을 차리며,

"푸우~!"

하고 입안 가득히 고인 피를 뿜어낸다. 얼굴과 몸으로 튀는 핏줄기를 김강한이 굳이 피하지 않는데, 외단의 경계막에 점점이 뿌려진 핏물이 다음 한순간에 모두 바닥으로 흘러내린다.

"죽여! 개새끼야!"

기절했다가 깨어나고도 노랑머리의 기세는 수그러들지 않는다. 김강한이 가만히 이마를 찡그린다. 놈의 모습에서는 독기라기보다는 차라리 치기(稚氣)가 보여서다. 뭘 모르면 용감하다지 않던가? 겁 없이 앞뒤 재지 않고 막무가내로 치받는 것이 용기이고 젊은 패기인 줄 아는 것이리라!

물론 고문 수법을 쓰면 놈의 어설픈 치기야 단번에 무너뜨릴 수 있을 것이다. 그러나 그는 그렇게까지 하고 싶지는 않다. 고문을 가하면 육신이 망가지거나 정신이 망가질 수 있다. 그렇게 망가뜨려 놓기에는 놈이 너무 젊다. 아니, 어리다. 그렇다고,

'한 번쯤 기회를 가질 여지는 주자!'

하는 따위의 선심이 갑작스럽게 생긴 것은 아니다. 이미 더없이 잔혹하고 잔인해 봤던 처지에, 이제 와서 불쑥 선심을 베풀 마음으로 된다는 것도 영 계면쩍은 일일 것이다. 그냥 성가시고 구차스러워서다. 적어도 지금 이 순간에 문득 드는 기분은 그렇다.

흑룡강파

김강한은 다른 방법을 택한다. 바로 천락비결상의 최면요법이다. 겁 없이 앞뒤 재지 않고 막무가내로 치받는 모습이던 노랑머리는 금세 순응적인 태도로 변한다. 다만 노랑머리의 멘탈이 그만큼 취약했던 건지, 아니면 그의 천락비결이 그새 또 한 단계 진전을 이룬 것인지는 확실치 않다.

노랑머리 등은 흑룡강파 소속이란다. 그런데 흑룡강파라는 이름에서부터 중국 쪽의 냄새가 강하게 풍기듯이, 중국에서 건너온 흑사회(黑社會)란다. 흑사회란 중국에서 암흑가의 불법 조직을 뜻한다는데, 한국으로 치면 조폭 정도를 말하는 것이리라!

흑룡강파는 십여 년 전만 하더라도 중국 흑룡강성(黑龍江省)에서 가장 큰 조직으로 군림을 하고 있었다. 그런데 두목이 모종의 사건과 연관되어 공안(公安)의 추격을 받게 되었고, 잡히면 중국 법상 최고형인 사형에 처해질 처지가 되자 조직의 간부급들과 함께 한국으로 넘어와 정착을 했다. 이후 그들은 국내의 조선족들과 중국인 불법체류자들, 심지어 중국 유학생들까지 끌어들여 조직을 키웠다. 노랑머리의 경우도 부모가 조선족이지만 한국에서 나고 자란 세대인데, 고등학교 때부터 흑룡강파의 하부 조직과 관계를 맺다가 고교를 졸업하자마자 본격적으로 흑룡강파의 조직원으로 활동 중이다. 흑룡강파는 안산에 본거지를 두고, 서울을 포함한 수도권의 차이나타운 등 조선족과 중국인들 밀집 지역에 여러 개의 분파를 두고 있다. 노랑머리가 속한 곳은 그중 구로에 있는 분파다. 구로 분파의 보스는 창싱(昌星)이라는 중국인인데, 노랑머리에게 김강한을 죽이거나 최소한 평생 누워서 지내도록 만들라는 명령을 내렸다.

노랑머리가 알고 있는 것은 거기까지다. 그 외의 다른 건 알지 못한다. 창싱 위에 누가 있는지, 안산에 있다는 흑룡강파 본부의 정확한 위치조차도! 그냥 위에서 시키는 대로 하는, 일개 분파의 조직원에 불과한 것이다.

뒤집어!

퍽!

김강한의 가벼운 수도(手刀) 일격에 노랑머리가 간단히 의식을 잃는다. 이어 그가, 고통은 좀 가셨지만 여전히 일어설 엄두는 감히 내지 못하고 있는 다른 놈들에게로 향하며, 그중의 한 놈을 지목하며 말한다.

"뒤집어!"

놈이 설핏 어리둥절해하더니, 이내 기민한 동작으로 몸을

뒤집으며,

착!

하고 바닥에 엎드린다. '개떡같이 말해도 찰떡같이 알아듣는다!'는 격이랄까? 김강한이 나머지 놈들에게도 고갯짓을 하자, 그들도 자동 반사식으로,

착!

착!

착!

하고 바닥에 엎드린다. 이어 김강한이 놈들에게로 다가서며 발뒤꿈치로 목덜미 아래를 한 차례씩 찍어준다. 혼혈을 짚은 것이다.

일종의 보험일까?

노래방 기계가 소리 없이 화면만 내보내는 중에, 소파에 걸터앉은 김강한은 잠시 생각을 정리해 본다. 누군가 청부를 한 것이리라! 그런데 난데없이 중국계 조폭에다, 그것도 곧장 칼부터 쑤셔대면서 사람을 죽여도 무방하다고 하는 잔혹함이라니!

그런 청부를 할 만한 인물이 누구인지는 대충 짐작할 만하다. 밥맛! 아니, 그보다는 밥맛의 아버지 쪽일 가능성이 클 것

이다. 그런데 그들 쪽이라고 한다면? 그를 목표로 하는 건 수긍할 수 있지만, 302호 아가씨는 왜 납치를 한 걸까? 원한이 있어도 그에게 있지, 302호 아가씨에게야 딱히 악감정이 있을 것도 아닌데 말이다.

'혹시 일종의 보험일까?'

즉, 그에 대한 시도가 만약에 실패했을 때를 대비한—그날 호되게 당한 만큼 그런 경우를 대비해 둘 필요성은 충분히 있는 것이리라— 안전장치로 말이다.

그런 생각에서는 김강한이 302호 아가씨에게 빚을 진 심정으로 되지 않을 수 없다. 그가 잘못하거나 의도한 건 아니지만, 어쨌든 그에게 선의를 가지고 대해주었던 그녀가 지금 위험해진 데는 그로 인한 이유가 상당 부분 있다고 할 것이다. 그런 이상 최소한의 책임을 지지 않을 수 없다는 심정이기도 하다.

이제부터라도

밥맛 부자에 대해 미리 알아둔 것은 없다. 그러나 지금이라도 알고자 한다면 방법이 없는 건 아닐 터다. 손쉽게는 두웰의 원룸 계약서로부터도 역추적은 가능할 테니 말이다.

그러나 지레 확신하고 무작정 그들을 찾아가는 것은 어설

픈 노릇이 되기 쉽다. 짐작대로 그들이 실패했을 때를 대비한 보험까지를 생각하고 일을 벌였다면, 그 밖에 일어날 수 있는 여러 가지 경우에 대해서도 미리 대비가 되어 있다고 봐야 할 것이다. 예컨대, 그가 곧장 그들을 찾아갔는데 302호 아가씨는 다른 데로 빼돌려 놓고 자신들은 모르는 일이라고 딱 잡아떼면 어떻게 할 것인가? 역시나 무작정 패고, 고문하고, 혹은 최면요법을 써서 실토하게 만들 것인가?

물론 그렇게 하지 못할 까닭은 없다. 그가 기왕부터 해왔던 방식이니 말이다. 그러나 그렇게까지 했다가, 결과적으로 그의 짐작이 틀렸다면? 그들 밥맛 부자가 이 일과는 정말로 무관하다면? 그때는 또 어떻게 할 것인가? 302호 아가씨를 위험에서 구하는 것은 차치하고, 적어도 이 일에 대해서만큼은 전혀 잘못이 없는 엉뚱한 사람들을 함부로 패고, 고문하고, 최면요법을 쓴 것에 대해 어떻게 수습을 할 것인가 말이다.

요는 아직 확실하다고는 할 수 없는 일에 대해, 지레 확신하고 막무가내식으로 접근해서는 어설픈 노릇이 될 공산이 존재한다는 것이다. 그러니 우선은 사실부터 분명하게 확인하고 나서, 그다음의 조치를 취해야 할 것이다. 그가 기왕부터 해왔던 일들 중에서는 그렇지 못한 경우도 왕왕 있었지만, 이제부터라도 그렇게 해야 하지 않겠느냐는 생각으로 되는 것이다.

한 단계씩 거슬러 올라가 보기로

김강한은 일단 한 단계씩 거슬러 올라가 보기로 한다. 지금 확인된 사실로부터! 단, 도움은 받지 않고, 그 혼자서 해결하고, 딱 그만큼의 흔적만 남기기로 한다. 조태강의 이름으로!

어쨌거나 서둘러야 한다. 노랑머리 패거리에게 연락이 닿지 않으면, 놈들의 윗선에서는 무슨 일이 생겼다는 걸 눈치챌 테고, 그리되면 302호 아가씨가 위험해질 수도 있다. 그는 다시 볼륨을 한껏 키운 노래방 기기에 메들리 위주로 예약을 잔뜩 걸어놓는다. 그리고 혼혈이 짚인 채로 소파에 앉은 놈들의 자세를 한 번 더 다듬어준다. 점혈의 효과는 두어 시간쯤은 갈 것이고, 그 정도면 그가 하려는 일에 방해를 주지는 않을 것이다.

룸을 나온 김강한은 카운터의 사십 대 여자에게 10만 원을 현금으로 건넨다. 그리고 나직이 당부한다.

"우리 애들이 두어 시간쯤 더 놀다가 간답니다! 애들이 오늘 안 좋은 일이 좀 있어서 성질들이 날카로우니까, 괜히 방해하지 말고 저네들끼리 실컷 놀도록 그냥 가만히 내버려 두세요!"

지레 겁먹은 얼굴로, 여자가 얼른 고개를 주억거린다.

분파(分派)

김강한은 지하철에서 내려 소위 차이나타운이라는 곳으로 들어선다. 조금 들어가자 한글과 한자가 병기된 간판들이 보이더니, 이윽고는 아예 중국어로만 된 간판들 천지다. 그런 광경에서는 여기가 한국인지 중국인지 잠깐 혼돈이 올 정도다.

도중의 한 가게에서는 홍정하는 사람들의 목소리가 시끄러울 정도로 크다. 중국어다. 주인도 손님도 모두 중국인들이다. 어쩌면 이곳에는 한국인보다도 오히려 중국인이 더 많은 건지도 모르겠다. 그래서인지 지나치며 마주치는 사람들이 모두 중국인 같다는 느낌과, 그리하여 그들이 오히려 이방인의 처지인 그를 그다지 반가워하지 않는 듯한 느낌마저도 가져보게 되는 데가 있다.

중간에 두어 번쯤 골목을 헤맨 끝에 그가 이윽고 도착한 곳은, 어느 뒷골목에 위치한 5층짜리 허름한 건물이다. 건물에는 예외 없이 중국어 간판이 가득 붙었지만, 그가 쉽게 읽어볼 수 있는 건 없다. 그렇더라도 그는 곧장 지하로 통하는 계단을 내려간다. 지하에는 마작 게임장이 있고, 그곳이야말로 노랑머리가 말한 흑룡강파의 분파(分派)인 것이다.

창싱(昌星) 안에 있나?

게임장의 입구에는 덩치 큰 문지기 사내 하나가 지켜 서 있다가 김강한의 아래위를 날카롭게 훑는다.

"못 보던 얼굴인데……? 한국 사람……?"

척보면 한국 사람의 태가 나는 모양이다. 김강한이 고개를 끄덕이자 사내의 얼굴에는 대번에 경계감이 서린다.

"어떻게 왔소?"

그러나 사내는 김강한의 대답을 듣지 못한다. 어느 틈에 다가선 김강한이 사내의 목덜미 부분을 가볍게 쳤고, 분노로 일그러지려던 사내의 얼굴에 이내 당혹스러움이 가득해진다. 갑자기 온몸이 마비되고, 목소리조차 나오지 않는 데 대한 당혹일 것이다.

"조용히 해! 옆구리에 구멍 나고 싶지 않으면!"

김강한이 나직이 엄포를 놓고 나서, 사내를 벽에다 밀어붙이고는 손가락으로 옆구리를 슬쩍 찔러준다. 사내의 얼굴이 대번에 하얗게 질리고 만다. 김강한이 그런 사내의 아혈을 풀어주며 차분하게 묻는다.

"창싱 안에 있나?"

사내가 얼른 고개를 끄덕인다. 그저 입구의 보초나 서는 처지에서, 도저히 감당할 수 없는 상대에게 저항하는 기개까지를 보일 까닭은 조금도 없는 것이리라!

"어디 있어?"

"안쪽 특실……."

사내가 눈짓으로 가리키는 방향을 확인한 김강한이 다시금 사내의 아혈을 짚고는 안으로 들어간다.

실내의 공기는 온통 뿌옇고, 담배 냄새와 기타의 역한 냄새들이 진하게 배어 있다. 그런 중에 곳곳에 비치된 수십 개의 게임기에는 여러 명씩의 사람들이 몰려 있다. 또, 아마도 장내의 질서를 유지하기 위한 경비쯤으로 보이는 덩치들이 적당한 간격으로 배치되어 있는데, 김강한이 성큼성큼 게임장을 가로질러 가자 날카로운 시선들로 일제히 그를 훑어본다. 그러나 김강한이 일단 입구를 통과한 데다, 거침없는 걸음걸이 때문에라도 당장의 어떤 제지를 하지는 않는다. 그가 곧장 안쪽으로 향하자 통로의 끝에서 직각으로 꺾여 들어간 곳에 붉은색의 문이 하나 보인다. 그 안쪽이 바로 특실인 모양이다.

특실 앞을 지키던 덩치 하나가 김강한의 앞을 가로막으며 뭐라고 묻는다. 중국어다. 김강한이 대답할 것도 없이 곧장 놈의 명치를 질러 버린다. 그리고 속절없이 허리를 접고 마는 놈을 부축해서 한쪽 벽 옆에 놓인 나무 의자에다 앉히고는 마혈을 짚는다.

너, 혼자 온 거니?

김강한이 특실의 문을 열고 안으로 들어서자, 커다란 테이블에 둘러앉아 마작을 하고 있던 다섯 사내들의 시선이 일제히 그에게로 쏠린다. 그가 한 번 훑어보는 것으로 다섯 중에서 누가 창싱인지 쉽게 분간한다. 노랑머리에게 대략의 특징을 들었던 덕분이다. 테이블 안쪽의 커다란 안락의자에 파묻히듯이 앉은 날카로운 인상의 중년 사내다.

"어이, 창싱! 너, 창싱 맞지?"

중년 사내, 창싱이 가만히 눈매를 좁히며 묻는다.

"너, 누구니? 무슨 볼일로 왔니?

말투가 어색하긴 하지만, 발음은 제법 또렷하다.

"홍수연! 어디 있어?"

"홍수연이 누군데?"

"너희들이 납치한 아가씨!"

창싱이 그제야 뭔가 문제가 생겼다는 걸 확연히 인식한 모양으로 표정을 딱딱하게 굳힌다. 그러나 그는 다시 설핏 의아해하는 듯한 기색으로 되더니 묻는다.

"너 혹시… 혼자 온 거니?"

김강한이 순순히 고개를 끄덕여 준다.

"이 새끼, 이거 미친 거 아이가? 여기가 어딘 줄 알고 혼자서 기어 들어왔니?"

창싱이 말끝에 어이없다는 실소를 지을 때다. 김강한이 가볍게 테이블 위로 뛰어올라서는 창싱을 향해 쭉 미끄러져 간다.

"커… 억!"

창싱이 목을 움켜잡고 테이블 위로 엎어진 건 순식간의 일이다. 나머지 네 놈이 경악하며 몸을 일으켰을 때는 이미 늦었다. 김강한의 몸이 테이블 위에서 한 바퀴 회전하는 것과 함께, 그들 넷이 차례로 나가떨어진다.

찾아갈 수 있지?

"납치해 온 여자 어디 있어?"

김강한의 물음에,

"우리는 보스에게 지시받은 대로 납치해서 넘겼을 뿐이다! 그다음에 어디로 보내졌는지는 알지 못한다!"

창싱이 순순히 대답을 한다. 천락비결의 최면요법이 작용한 까닭이다.

"보스? 보스가 누군데?"

"차오쓰!"

"그놈이 흑룡강파의 최고 보스야?"

놈이 고개를 끄덕인다.

"그놈 지금 어디 있어?"

"안산……!"

"자세히 말해봐!"

말해놓고는, 김강한이 다시 고쳐 묻는다.

"찾아갈 수 있지?"

놈의 고개가 다시 끄덕여진다.

"일어서!"

김강한이 놈을 일으켜 앞장세운다. 바깥에 놈의 부하들이 적지 않게 있고, 더욱이 백여 명에 이르는 손님들까지 있다는 데서, 시간을 더 끌다가는 자칫 번거로운 상황을 피하기 어렵겠다는 판단에서다.

문 앞의 덩치는 여전히 움직이지 못하는 채로 나무 의자에 앉아 있다. 김강한이 창싱을 앞세우고 게임장을 가로질러 입구 쪽으로 향하자, 통로 중간마다에서 경비를 서고 있는 자들이 창싱을 향해 허리를 숙인다. 그러면서도 설핏설핏 의아해하는 기색들이지만, 평소 창싱의 위세가 대단했던지, 굳이 의심하여 말을 걸거나 하는 자들은 없다.

밖으로 나온 김강한은 걸음을 서두른다. 창싱의 부하들이 곧 상황을 파악할 테니, 그 전에 이곳을 벗어나야 할 터이다. 다행히 뒷골목을 빠져나오자 바로 2차선의 도로가 나오고,

더욱이 운 좋게도 빈 택시 하나가 다가오고 있다.

여전히 확실하다고는 할 수 없다

택시로 이동하는 동안 김강한은 창싱으로부터 추가적인 얘기들을 듣는다.

그와 302호 아가씨, 홍수연에 대해 청부 의뢰를 한 사람에 대해서는 창싱이, 누구인지 확실하게는 아니지만 한국에서 재벌급으로 꼽히는 인물이라고 들었단다. 그럼으로써 그 인물이 밥맛 부자일 것이라는 김강한의 짐작은 좀 더 분명해졌다고 하겠다.

어쨌거나 국내에서 특정인에 대한 테러나 살인까지를 사주하는 청부가 이렇게나 공공연하게 행해진다는 사실이 사뭇 놀랍다. 특히 흑룡강파는 청부 관련 분야에서 거의 독점적인 위치를 차지하고 있는데, 그런 것은 한국의 기존 조직들로서는 선뜻 뛰어들기가 어려운 분야이기 때문이란다. 청부에 대한 대가는 크지만, 잘못되었을 경우에 치러야 할 대가 또한 크기에! 그러나 흑룡강파의 경우에는 중국 국적의 조직원들이 많기에, 일이 잘못되어 경찰의 추격을 받게 되면 중국으로 도주를 해버린다고 한다. 그리고 시간이 좀 지나서 세탁한 다른 신분으로 한국에 재입국을 하는 경우도 많다는 것이다.

김강한이 창싱에게서 얘기를 듣는 동안 택시 기사가 룸미러로 뒷좌석을 몇 번이나 힐끔거린다. 그러나 딱히 수상하게 여기는 기색까지는 아니다. 아마도 두 사람의 얘기를 무슨 영화에 관한 것쯤으로나 생각하는 것이리라!

이제부터는 크게 달라질 것이 없다

안산으로 들어서고도 택시는 사뭇 낯선 풍경 속을 한참이나 달린 끝에야 이윽고 멈춰 선다. 큰 도로변에서 두 블록쯤을 들어간 이면도로 변의 7층짜리 꽤 큰 상가건물 앞이다.

"여기 맞아?"

김강한의 물음에 창싱이 무심하게 고개를 끄덕이는 것으로 확인해 준다.

김강한은 지갑에서 요금의 두 배가 조금 넘는 지폐를 꺼내 택시 기사에게 건넨다. 그리고 서울에서 출발했던 곳으로 다시 돌아가 창싱을 내려주라고 한다.

택시 기사는 설핏 의아한 기색이더니, 이내 활짝 미소로 오케이를 한다. 그로서는 마다할 까닭이 전혀 없을 터다. 어차피 서울로 돌아갈 때는 빈 차로 가야 할 판인데, 다시 돌아가는 요금까지 챙기게 되었으니 말이다.

창싱의 최면 상태는 금방 깨어질 것이지만, 김강한은 개의치 않는다. 이렇건 저렇건, 이제부터는 크게 달라질 것이 없으므로!

곧장 줄행랑을 놓지는 않을 것

창싱에 따르면 흑룡강파는 7층짜리 상가를 매입하여 직접 관리 운영하면서 외부의 의심을 사지 않는 중에, 지하 주차장을 폐쇄하고 그 일부 공간을 사무실로 개조해서 은밀한 본거지로 삼고 있다고 했다.

지하 주차장으로 통하는 입구는 노란색의 플라스틱 차단봉으로 가로막혀 있다. 김강한은 굳이 상가 1층을 통할 것 없이 시멘트 바닥으로 된 차량 진입로를 따라 곧장 지하 주차장으로 내려간다. 그런데 그가 지하 주차장 안으로 들어서서 컴컴한 지하의 어둠에 미처 눈이 적응되기도 전인데,

붕~!

세차게 공기를 가르는 소리가 그를 덮쳐든다. 쇠 파이프다. 그러나 김강한이 가볍게 측면으로 비켜서면서 쇠 파이프는 애꿎은 허공만 가른다. 이어 그가 바람처럼 몸을 되돌리며 쇠 파이프를 든 자의 명치를 가볍게 팔꿈치로 찍는다.

"헉……!"

다급하게 바람 빠지는 소리를 내며 사내 하나가 바닥으로

주저앉는다. 그런데 그게 다가 아니다. 이제 막 어둠에 적응된 시야에 쇠 파이프를 든 이십여 명의 사내들이 그에게로 덮쳐들고 있다.

사내들이 다짜고짜 그를 공격하는 데서, 더욱이 이 지하 주차장에 평상시 상주하는 인원이 열 명 정도라고 했던 창싱의 얘기와는 상황이 크게 다르다는 데서, 흑룡강파는 그가 올 것에 대해 미리 대비를 하고 있었던 것 같다. 하긴 이제쯤에는 그럴 법도 하다. 창싱의 분파 조직이 박살 났다는 보고는 진즉에 받았을 것인데, 창싱에게는 연락조차 되지 않으니 뭔가 문제가 발생했으리라는 판단을 하고 조직 전체에 경계를 발령했을 법한 것이다.

"악!"

"윽!"

"큭!"

어둑어둑한 지하공간에 비명 소리가 난무한다. 김강한의 바람 같은 움직임 속에서 사내들이 속속 나가떨어진다. 사내들은 속수무책으로 아예 상대가 되지 않는다.

사방에 쓰러져 고통을 호소하는 사내들을 버려두고 김강한이 지하 주차장 안쪽에 조립식으로 지어진 사무실의 문을 열어젖힌다. 그러나 사무실은 비어 있다. 부하들만 남겨두고 차오쓰를 비롯한 간부급들은 자리를 피한 모양새다. 그러나 상관없다.

이제쯤에 차오쓰는 창싱과도 연락이 닿아 돌아가는 대강의 사정을 파악했을 테고, 그렇다면 가까운 어디에서 이곳의 상황을 체크하고 있을 것이란 판단이다. 놈이 비록 창싱에게서 그에 대한 얘기를 들었겠지만 제대로 실감하기는 어려울 터이고, 더욱이 흑룡강파 정도의 조직 규모를 가지고서 기껏 혼자서 덤벼드는 독고다이 때문에 본거지를 포기하고 곧장 줄행랑을 놓지는 않을 것이니 말이다.

우선 너부터 죽는다!

김강한이 바닥에 쓰러져 있는 사내들 중에서 나이가 좀 있어 보이는 한 놈의 멱살을 잡아 일으킨다.

"차오쓰 어디 있어?"

"지금 여기 없다! 그런데 그는 왜 찾니?"

떨리는 목소리로도 반문까지를 하는 놈의 억양과 말투는 확연히 연변 조선족의 그것이다.

"죽고 싶나?"

김강한이 차갑게 말하며 한 대 갈겨주려는 시늉이다가, 지레 움찔하고 소스라치는 놈의 모양새를 보고는 나직이 덧붙인다.

"지금부터 3분 줄 테니까, 전화를 하든지 뭘 하든지 재주껏 차오쓰를 불러! 만약 3분이 지났는데도 차오쓰가 내 눈앞에 나타나지 않으면, 우선 너부터 죽는다! 자! 3분 시작!"

엄포에 다급해졌던지 놈이 얼른 휴대폰을 꺼내 든다. 그러곤 곧장 통화 연결이 된 모양으로 빠른 투의 중국어를 쏟아내더니 전화를 끊는다.

"그가 곧 온다니까, 조금만 기다리시오!"

놈의 말에 김강한이 손가락 두 개를 펴 보인다. 2분 남았다는 표시다. 놈의 얼굴에 새삼 절박함이 스친다. 그리고 굳이 재보지는 않았지만 3분쯤은 충분히 지났다 싶을 즈음, 김강한이 놈의 팔 한 쪽을 낚아채서는 가차 없이 꺾어버린다.

우두~둑!

뼈마디 탈골되는 소리와 함께,

"아아~악!"

놈의 처절한 비명 소리가 지하공간을 헤집는다.

한 발짝만 더 움직이면, 네 여자는 죽어!

철~컹!

아마도 1층으로 통하는 비상구쯤으로 보이는 곳의 철문이 열린다. 그리고 일단의 무리가 모습을 드러낸다. 짙은 색의 선글라스를 낀 사내가 앞장을 섰는데, 그 사내가 철문을 들어서자 뒤따르던 십여 명의 건장한 덩치들이 재빨리 움직여서는 사내의 주위를 둘러싸듯이 경호 태세를 취한다. 그런 점에서 선글라스 사내야말로 바로 흑룡강파의 보스 차오쓰일 것이다.

김강한이 곧장 차오스를 향해 가려 할 때다. 차오쓰 바로 곁에 선 덩치가 차갑게 외친다.

"움직이지 마! 한 발짝만 더 움직이면, 네 여자는 죽어!"

그 소리에는 김강한이 흠칫 걸음을 멈춘다. 그러고 보니 차오쓰 등이 나온 철문 부근에는 아직 사내들 다섯이 남아 있다. 그중 셋은 철문 앞을 지키듯이 버텨 서 있고, 나머지 둘은 철문 안에서 마대 자루 같은 것으로 상반신을 덮어씌운 사람 하나를 양옆에서 붙잡고 있다. 마대 자루의 그 사람은 두 손이 등 뒤로 묶여 있는데, 덩치 하나가 그 사람의 목 어림에다 날렵한 형태의 회칼을 바짝 들이대고 있는 중이다.

얼굴을 확인할 수 없지만, 가녀린 몸의 굴곡에다 온몸을 떨고 있는 애처로운 모습만으로도 마대 자루의 그 사람은 여자임에 분명하다. 더욱이 놈들이 위협을 가하고 있는 데서는, 그녀가 바로 302호 아가씨 홍수연임을 짐작해 보지 않을 수는 없다.

그녀가 아니다

"무릎 꿇어!"

김강한이 주춤하자, 외침이 이어진다.

"여자가 네 눈앞에서 죽는 꼴 보고 싶지 않으면, 순순히 꿇어!"

김강한이 두 손을 먼저 들어 보인다. 하라는 대로 하겠다는 시늉이다. 그리고 천천히 무릎을 굽히는 중에 외단을 확장시킨다. 이어 그가 막 앞으로 튕겨 나가려 할 때다. 선글라스 아래의 입꼬리에 짐짓 느긋한 웃음기를 걸고 있던 차오쓰가 갑자기,

"억……?"

하고 놀란 소리를 흘리며 어깨를 감싸 쥔다. 뒤이어 놈이 중국어로 뭐라고 외치는데, 그것이 꼭,

"죽여 버려!"

하는 것쯤으로 들리기에, 김강한이 한풀 늦추었던 진기를 되돌리며 쏜살처럼 몸을 튕겨 나간다.

퍼퍼~퍽!

철문 앞을 지키던 세 놈이 비명조차 지르지 못하고 튕겨 나가고,

"윽!"

"크!"

철문 안쪽에서 홍수연의 목에 회칼을 겨누고 있던 놈과 다른 한 놈이 짧은 비명을 토하며 고꾸라진다.

휘청!

힘없이 무너지는 홍수연의 몸을 김강한이 부드럽게 감싸 안아 부축한다. 그녀가 다친 곳은 없어 보이는데, 아마도 극심한 긴장과 공포에 정신을 놓고 마는 것이리라! 김강한이 일단은 그녀의 머리에 씌워진 마대 자루부터 벗겨준다. 그런데,

'엇?'

아니다! 입에 청 테이프가 붙여진 채로 공포에 질려 있는 그녀는 홍수연이 아니라, 그로서는 전혀 모르는 얼굴이다.

어둠 속의 수상한 존재

"으~으… 윽!"

다시금의 비명 소리와 함께 차오쓰가 비틀거리고 있다. 마치 보이지 않는 무언가에 잇달아서 공격을 당한 듯한 모양새다. 십여 명의 사내들이 그를 둘러싼 채 밀집 경호를 하고 있지만 아무런 소용이 없었던 것일까?

김강한은 지하공간 전체로 외단의 영역을 확장시킨다. 그리고 가장 깊숙한 구석 쪽의 어둠 속에서 수상한 존재 하나를

감지한다. 천장을 따라 설치된 굵은 파이프라인 위에 매미처럼 착 달라붙은 그 존재는, 김강한이 외단의 기감이 아닌 눈으로 보았더라면 그게 사람이라고는 미처 생각지 못하고 그냥 스쳐 버렸을 정도로 교묘한 은신을 하고 있다.

그런데 그때다. 그 수상한 존재로부터 아주 미세한 몇 가닥의 예기가 발출되는데, 그것들이 쾌속하고도 은밀하게 허공을 가르며 날아가는 방향은 바로 차오쓰가 있는 쪽이다. 그러나 이번에 그 은밀한 예기들은 차오쓰를 명중시키지 못하고 엉뚱한 쪽으로 흐르고 만다. 물론 김강한의 외단 때문이다. 그러자 파이프라인 위의 그 수상한 존재에게서는 처음으로 아주 미약하나마 어떤 기척이 생겨난다. 생각지 못한 상황에 대한 당혹이리라! 그러나 그 존재로부터는 곧장 다시 수십 가닥의 한층 날카로운 기운들이 발사되는데,

"악!"

"큭!"

비명 소리와 함께 차오쓰를 둘러싸고 있던 사내들 서넛이 바닥을 구른다. 차오쓰의 주변에 설정된 외단의 방호막에 부딪친 예기들이 사방으로 튕겨나면서, 그것에 당한 것이리라! 차오쓰가 바닥에 납작 엎드리더니, 낮은 포복으로 비상구를 향해 기어간다. 그리고 그 순간, 예의 그 수상한 존재로부터는 엄청난 수의 암기들이 마치 연쇄 폭발을 일으키듯이 폭사되

기 시작한다.

파~츠츠츠~츳!

그러나 그러한 폭사로도 역시 외단의 방호막을 뚫지는 못하고 사방으로 튕겨나고 마는데, 그런 탓에 애꿎은 사내들만 마치 융단폭격을 당한 듯이 일시에 쓰러지고 만다.

송곳니들의 초현(初現)

암기의 집중 세례를 받으며 바닥에 머리를 처박고 감싸 쥔 채로 꼼짝도 못 하고 있는 차오쓰를 보며, 김강한이 문득 떠오르는 게 있다. 그리고 다음 순간이다. 그의 허리춤에서 손톱보다도 작은 물체 몇 개가 튀어 올라서는 곧장 허공 속으로 사라진다. 바로 백팔아검의 이빨들이다. 아니, 송곳니들이다. 그것들의 초현(初現)이다.

깊숙한 구석 쪽 어둠 속, 천장의 파이프라인 위에서 돌연히 사람의 형체 하나가 뚝 떨어진다. 예의 그 수상한 존재의 교묘한 은신이 깨어지는 순간이다. 전신이 회색 일색인 그자의 어깨와 등 부위가 축축하게 젖어들고 있다. 송곳니가 관통하고 지나간 것이리라!

그러나 재빨리 벽으로 붙어 서서 주변을 훑어보는 그자의 눈빛이 날카롭다. 아마도 자신에게 상처를 입힌 불상(不詳)의 암기를 발출한 자가 누구인지를 찾는 것이리라! 그러나 백팔아검의 첫 희생자인 그자는, 김강한의 존재를 특정하여 인지하지는 못했던지 이내 당혹과 다급을 떠올린다.

다음 순간, 회색빛의 그림자가 차량 진입로를 향해 치달리더니 순식간에 지하 주차장을 빠져나간다. 빠르다. 빠르다기보다는 기묘하리만큼 은밀한 움직임이다. 사실은 이 순간에 이르기까지 그자의 존재를 제대로 인식한 것은, 김강한뿐이기도 하다.

결국은 짐작대로다

"홍수연 어디 있어?"

김강한의 말을 사내 하나가 차오쓰에게 통역한다.

"의뢰인에게 바로 넘겨줬고, 그 이후의 일에 대해서 우리는 알지 못한다!"

벽에 기대앉은 채로 차오쓰가 순순히 대답한다. 역시 최면요법이 작용하고 있는 덕이다.

"의뢰인이 누구야?"

"이소 그룹 회장! 그의 운전기사!"

이소 그룹이라면 김강한도 알고 있다. 국내 재계 서열 상위에 랭크되어 있는 재벌 그룹이다.

"확실해?"

김강한의 다시금의 물음에는, 최면요법에 걸려 있는 중에도 놈의 고개가 설핏 바로 선다.

"우리는 의뢰인의 신분이 확인되지 않는 청부는 절대 받지 않는다!"

김강한이 쓴웃음을 짓고 만다. 그게 무슨 대단한 신조라도 된다는 듯이, 사뭇 당당한 놈의 시늉에 대해서다. 그가 휴대폰을 꺼낸다. 내친 김에 검색을 해보기 위해서다.

'이소 그룹 회장! 서영한!'

그리고 프로필사진 속의 얼굴은 바로 그 사람이다. 밥맛 아버지! 결국은 그의 짐작대로다.

어딜 함부로 끼어들어?

갑자기 주변 일대의 공기가 뭔가로 자욱해지는 듯하다. 그러나 안개나 먼지 따위는 아니다. 순식간에 몰려들어 김강한과 차오쓰를 덮어씌우는 그것은, 쇠털같이 가느다란 암기의 군(群)이다. 그자다. 아까 송곳니에 상처를 입고 도주했던 바로 그 수상한 존재!

"어딜 함부로 끼어들어?"

김강한의 나직한 호통에 차가운 노기가 서린다. 이어 그와 차오쓰의 주변으로 외단의 방호막이 견고히 쳐지고, 동시에 그의 허리춤에서 수십 여 개의 송곳니들이 소리 없이 솟아올라 곧장 비상구의 철문 쪽을 향해 빛의 속도로 쏘아간다.

"크~으… 윽!"

한 뼘쯤 열린 철문 안쪽에서 가느다란 신음 소리가 새어 나온다. 그러나 그 신음의 주인은 곧바로 빠르게 멀어져 간다. 누군가 또 다른 동조자가 등장하여, 부상당한 자를 데리고 빠르게 사라지는 기척이 외단의 기감에 잡힌다.

김강한은 굳이 쫓지 않는다. 암습자들의 정체에 대한 의문은 있지만, 일단 그와는 무관한 문제인 것 같고, 더욱이 지금은 그런 궁금함에 시간을 할애할 여지가 없다.

송곳니들이 돌아와 허공중에 멈춰 선다. 그리고 빠른 속도로 한바탕 회전을 일으키자, 그것들로부터는 한 무리의 붉은 기운이 옅게 사방으로 떨쳐진다. 피다. 그리고 그것들은 그의 허리춤에 채워진 백팔아검으로 되돌아간다.

급사(急死)

"큭……!"

차오쓰가 돌연한 신음 소리를 뱉는다. 김강한이 당황스럽게 살펴보니, 어느 틈엔지 차오쓰의 목덜미 뒤쪽에 아주 가는

다란 실침 하나가 꽂혀 있다. 바람이 없는데도 저절로 하늘거리는 것으로 보아서, 실침은 금속류가 아닌 아주 가벼운 물질인 것 같다.

그런데 실침을 빼내려고 손을 가져가던 김강한이 멈칫하며 손을 거둔다. 실침이 꽂힌 차오쓰의 목 주변 피부가 거뭇거뭇하게 변해가고 있는 때문이다. 그런 중에 차오쓰가 다시,

"끄… 으으… 으……!"

하고 힘겹게 신음 소리를 끌더니 벽에 기대앉은 채로,

툭!

고개를 아래로 떨구고 만다. 김강한이 급하게 차오쓰의 코 밑에 손가락을 대본다. 그러나 이미 숨결이 끊어진 뒤다. 그야말로 급사(急死)다.

실침에 극독이 묻었다고 의심해 볼 수밖에 없는데, 김강한이 다시 살펴보았을 때는 아연하게도 차오쓰의 목덜미에 꽂혀 있던 실침이 사라지고 없다.

마치 공기 중에 자연분해라도 되어버린 것처럼! 더욱이 실침이 꽂혔던 주변으로 거뭇거뭇하게 변했던 피부색마저도 감쪽같이 원래대로 돌아와 있다. 그러니 실침 때문에 차오쓰가 죽었다는 증거와 흔적은 적어도 외견상으로는 완벽하게 사라져 버린 셈이다.

그 집요함의 이유가 대체 뭘까?

'도대체 왜?'

김강한이 새삼 의문을 가져본다.

암기를 쓴 그자는 처음에 의도적으로 차오쓰에게 고통을 가하려고 한 듯하다. 그자의 능력이면 처음부터 단숨에 차오쓰의 목숨을 끊어놓았을 수도 있었을 것인데, 그러지 않은 것을 보면 말이다.

그런데 이번에는 또, 부상을 입은 중에도 위험을 무릅쓰고 돌아와서 결국 차오쓰를 죽였으니, 그 집요함의 이유가 대체 뭘까?

그러나 김강한이 지금은 역시 다른 일에 관심을 둘 계제가 아니라고 할 것이다.

제9장

—

회자정리(會者定離)

국가정보 라인

김강한은 처음 했던 작정을 조금 바꾸기로 한다. 즉, 모든 일을 그 혼자서 해결하고자 했던 것에서, 약간의 도움을 구하는 것으로!

홍수연의 납치 시점과 장소를 두고 관련되는 지점의 모든 CCTV 영상들을 추적하는 일은, 평범한 사람들에게는 엄두조차 내보기 어려운 일일 것이다. 그러나 조태강의 신분으로 약간의 도움을 구하자, 그 일은 그리 어렵지 않게 가능해진다.

그리고 홍수연의 행방을 찾아낸 것은, 국가정보 라인이 전격적으로 가동된 지 5시간 만이다.

원망

이소 그룹 서영한 회장의 독자인 서민준은 발아래로 내려다 보이는 한강 변의 풍경과 그 너머로 아스라이 펼쳐진 도시의 불빛들을 내려다보고 있다.

그러나 60평형대 최고급의 펜트하우스에서 내려다보는 한강 변의 멋스러움도, 도시 야경의 화려함도 지금 그의 눈에는 제대로 들어오지를 않는다.

지금 그의 심경을 지배하고 있는 것은 불안이다. 그리고 그 불안을 야기하고 있는 지금의 상황이 그가 원한 것이 아니란 점에서는 원망이 있다.

생각할수록 원망스러운 것은 홍수연이다. 비싸게 굴 건 하나도 없는 그저 그렇고 그런 여자다. 그도 오래 데리고 놀 생각은 아니었고, 그냥 심심해서 재미 삼아 건드려 본 것에 불과했다.

그런데 무슨 자존심을 내세우고 콧대를 세우고 할 것이라곤 쥐뿔도 없는 여자애가 괜히 튕기는 바람에 그 이상하고도 무지막지한 놈이 끼어들었다.

그리고 결국에는 그의 아버지까지 개입이 되면서 일이 지금의 이런 지경으로까지 치닫고 말았다.

원망스러운 것은 아버지도 마찬가지다. 그의 아버지는 어떤 상황에서든, 조금이라도 손해를 보거나 당하고는 못 사는 성격이다. 무슨 수를 써서라도 반드시 되갚아주고야 만다. 아버지 자신에 대해서 뿐만 아니라 자식들에 대해서까지도 그렇다. 그런 점에서 그것은 자기애나 부성애의 차원과는 아주 다른, 지독하고도 병적인 집착에 가깝다고 해야 할 것이다.

사실 그는 그 대책 안 서는 괴물 같은 놈에게 처음 당했을 때, 그쯤에서 그만두고 싶었다. 그러나 엉망이 된 그의 몰골을 본 그의 아버지가 개입하면서부터 상황은 그의 의사와는 무관하게 흘러가 버렸다. 그가 아닌, 그의 아버지의 싸움이 되어버린 것이다. 이번 홍수연의 납치도 그의 아버지가 주도한 것이다.

"이게 다, 성질 더러운 꼰대 때문이야! 별일도 아닌 걸 가지고, 기껏 사소한 사고 몇 번 쳤다고, 그 더럽고 좁아터진 원룸에다 하나뿐인 아들을 처박아 버리느냐고? 뭐? 자숙을 하라고? 씨~파! 자숙을 시키려면 좀 제대로 시키든지! 그냥 아무데나 처박아놓기만 하면 자숙이 되냐고? 그리고, 많고 많은 원룸 중에 왜 하필 그 쓰레기통 같은 원룸이냐고?"

잔돈은 가지세요!

"딩~동!"

현관 벨이 울린다. 경호원들 중의 하나가 인터폰으로 다가간다.

"누구요?"

"음식 배달 왔습니다!"

인터폰의 화면에 늙수그레한 인상에 퉁퉁한 체형, 그리고 유니폼의 가슴 부위에 그들이 좀 전에 주문했던 음식점의 상호와 로고를 새긴 배달원이 비친다.

그러나 경호원은 바로 문을 열어주지 않고, 인터폰 하단의 조이스틱 스위치를 좌우로, 또 상하로 조작한다. 광각의 시야를 가진 CCTV 카메라의 각도를 조정하는 것이다. 화면에 엘리베이터 앞까지의 공간과, 또 반대쪽 멀리의 비상계단이 있는 곳까지의 공간이 차례로 비친다. 배달원 외의 다른 사람은 없을뿐더러 의심할 만한 어떤 정황도 없다. 이상무!

철~컥!

문이 열리고 배달원이 현관 안으로 들어선다. 그런데 경호원이 곧바로 문을 닫으려고 할 때다. 누군가 다시 불쑥 현관 안으로 들어선다. 경호원이 화들짝 놀란 외침을 토해낸다. 그러나 그의 외침은,

"누……?"

하고 기껏 첫마디만 나오다 말았기에, 다른 누구에게 위기감이나 경계감을 전하기에는 역부족이다. 경호원이 소리를 지르려다가 말고 뻣뻣하게 굳어버리는 걸 보고 배달원이 어리둥절해 있을 때다.

"얼맙니까?"

나중에 들어선 사람이 나직하게, 그러나 태연하게 묻는다.

"칠만 사천… 원입니다!"

배달원의 대답에 조금은 석연찮다는 기색이 있다. 그러나 나중에 들어선 그 사람이,

"여기……!"

하고 오만 원짜리 두 장을 건네고는, 이어,

"잔돈은 가지세요!"

하는 말에는 배달원 표정이 단박에 환해진다. 방금 전의 석연찮음 따위는 어디에도 없다. 오히려 혹시라도 그 사람의 후의가 변하기라도 할까 두려운지, 부지런히 음식 그릇들을 바닥에다 내려놓고는 서둘러 현관을 나선다.

"그럼 맛있게 드세요!"

바쁘게 인사를 남긴 배달원이 쌩하니 가버린 뒤에,

철~컥!

현관문이 다시 닫히기를 기다렸다가, 김강한은 천천히 거실

로 들어선다.

괜찮아요? 다친 데는 없고?

한눈에 훑어본 실내에는 세 사람이 있다. 주방 입구 식탁에 사내 둘! 그리고 거실 응접 소파에 한 명!

식탁의 두 사내는 김강한으로서는 처음 보는 자들인데, 건장하고 탄탄한 체구들로 봐서 현관에 점혈 당해 있는 사내와 함께 경호원들이지 싶다. 소파에 앉은 사내는 김강한이 익히 아는 얼굴이다. 바로 밥맛이다. 이제는 서민준이라는 이름을 알게 되었지만! 김강한이 조용하게, 그러나 미끄러지듯이 빠르게 식탁의 사내들을 향해 접근한다.

"뭐… 뭐야? 당신 누구야?"

김강한과 마주 보는 위치의 사내가 김강한을 발견하고는 놀라 외치며 벌떡 자리를 박차고 일어선다. 그러나 이미 늦었다. 식탁의 사내 둘이 엉거주춤 일어서는 자세에서 잇달아 마혈과 아혈을 제압당하고, 김강한이 가볍게 밀자 다시 의자에 엉덩이를 붙이고 주저앉는다. 김강한은 느긋하게 거실 안쪽으로 향한다. TV에 빠져 있다가 한 타이밍 늦게 김강한을 발견한 서민준이 화들짝 놀라는 시늉이다. 그러더니 소파에서 벌떡 일어나서는,

후다닥!

뛴다. 아마도 거실을 가로질러 건너편의 방으로 가려는 모양새다. 그러나,

"거기 서!"

김강한의 짧은 외침에 서민준은 그대로 얼어붙은 듯이 멈춰 서고 만다. 김강한에게 지독하게 당했던 공포의 기억이 그에게 하나의 트라우마로 생생히 각인되어 있는 탓이리라! 마혈을 찍을 것도 없이 서민준을 그대로 둔 채, 김강한이 천천한 걸음으로 서민준이 가려고 했던 방으로 향한다. 방문을 열자 침대와 작은 화장대가 보인다. 그리고 화장대 앞의 의자에 여자 하나가 앉아 있는데, 바로 홍수연이다.

"302호 아가씨!"

김강한이 나직이 그녀를 부른다. 이제는 홍수연이라는 이름을 알지만, 그래도 그렇게 부르는 게 그녀를 진정시키는 데 도움이 될 것 같아서다. 그녀가 힘겹게 돌아본다. 그러더니 곧장 몸을 떨기 시작하면서, 하얀 뺨으로 두 줄기 눈물부터 흘린다. 아무 말도 하지 못하고서! 안도의 감격조차 내비치지 못하고서! 그녀의 그런 모습에는 김강한이 쉽게 다가가지 못하고, 방문 앞에 선 채로 담담하게 묻는다.

"괜찮아요? 다친 데는 없고?"

그녀는 어느새 눈물범벅이 된 얼굴로 고개만 끄덕인다. 김

강한이 마주 고개를 끄덕여 준다.

"이제 괜찮아요! 아무 걱정 하지 말고, 잠시만 거기 그대로 앉아 있어요! 오래 걸리지는 않을 테니까!"

에라~이, 졸렬한 인간아!

김강한이 조용히 방문을 닫고서, 다시 서민준에게로 다가선다. 서민준이 흠칫거리면서도 멈춰 서 있던 자리에서 여전히 한 발짝도 움직이지 못한다.

"지난번에 그쯤 당해봤으면 정신을 차렸어야지, 또 무슨 짓을 벌인 거냐? 아예 인간 되기를 포기한 것 같은데, 이참에 아주 죽여줄까?"

말끝에 김강한이 가볍게 손을 치켜올리는 시늉을 하자, 놈이 지레 기겁을 하며 속사포처럼 말을 뱉어낸다.

"그런 게 아닙니다! 지금 뭔가 크게 오해를 하시는 겁니다!"

"오해? 뭔 오해?"

"홍수연 씨는 어디까지나 스스로의 의사로 여기에 와 있는 겁니다! 그러니까… 그러니까 그게, 제가 사과를 하고 싶다고 전화를 했습니다! 제가 만나서 사과를 하고 싶다고 하니까, 홍수연 씨가 이리로 오겠다고 해서… 그렇게 된 겁니다! 그러니까… 절대 오해하지 마시라는 겁니다! 홍수연 씨에게 직접 물어보시면 금방 아시게 될 입니다! 예!"

김강한이 실소할 수밖에 없는 노릇이다.

"에라~이, 졸렬한 인간아! 지금 그걸 변명이라고 하는 거냐? 니가 먼저 사과를 하겠다고 했다는 것도 믿기지 않지만, 302호… 홍수연 씨가 사과를 받으려고 너를 찾아왔다는 게 말이 되냐? 이 자식이 지금 누구 앞에서 되지도 않은 썰을 풀고 있어?"

김강한의 기세가 거칠어지자 놈이 대번에 다급해지며 홍수연이 있는 방을 향해 고함을 질러댄다.

"이봐요~! 홍수연 씨~! 뭐라고 말 좀 해줘요! 내가 납치한 게 아니라고! 홍수연 씨가 스스로 날 찾아왔다고, 빨리 말 좀 해줘요!"

그 외침 때문인지 홍수연이 방 밖으로 나온다. 그러나 힘없이 휘청거리는 그녀의 걸음이 금방이라도 주저앉고 말 것 같다. 김강한이 얼른 다가가 부축해서 소파로 앉히자, 잠시 숨을 가다듬고 난 그녀가 겨우 목소리를 낸다.

"사실이에요……! 제 발로 여길 온 거예요……! 진심으로 사과하겠다고 해서… 계속 불안하고 불편할 수는 없어서… 제가 스스로 온 거예요……!"

그녀의 목소리가 심하게 떨려 나온다. 그러나 서민준이 한 말과 크게 다르지 않다.

사실대로의 얘기

김강한이 몸을 낮춰 홍수연과 눈높이를 맞춘다. 그리고 가만히 그녀의 눈을 들여다본다.

"302호 아가씨! 홍수연 씨! 날 봐요!"

겨우 시선을 들어 눈을 맞춰오는 그녀에게 김강한은 아주 약하게 최면요법을 시전한다.

"안심해요! 내가 옆에 있는 한, 누구도 수연 씨를 해치지 못해요! 날 믿어요!"

가늘게 흔들리던 그녀의 눈빛이 이내 안정된다.

"자! 이제 사실대로 얘기해 봐요! 어떻게 된 일인지!"

"후우~!"

그녀가 뱉는 가느다란 한숨에 비로소 안도가 담긴다.

"퇴근길이었어요! 낯선 남자들이 갑자기 나타나 저를 차에다 밀어 넣었는데, 저는 반항할 틈도 없이 정신을 잃고 말았어요! 그리고 정신을 차려보니까 여기였어요!"

그녀의 입에서 이윽고 사실대로의 얘기가 흘러나온다.

네 아버지로서

홍수연은 서민준에게 강요를 당한다. 어떤 경우가 발생하더라도 납치된 것이 아니고, 그녀가 자발적으로 온 것으로 말하라는 요지다. 그런데 그 강요에는 다시 그녀가 도저히 거부할 수 없는 협박이 포함되어 있다. 바로 그녀의 아버지에 대한 협박이다.

그녀의 아버지는 부산의 한 구청에서 일하는 공무원이다. 그런데 바로 어제, 직무와 관련하여 고액의 금품을 수뢰했다는 혐의를 받고 즉각적인 정직 처분을 당했다. 더욱이 당장에 해명을 하지 못하면, 상당히 중한 형사처벌까지 받을 거라고 한다. 그러나 그녀는 확신할 수 있다. 그녀의 아버지는 절대로 그런 일을 할 사람이 아니라는 것을! 그녀의 아버지가 공무원으로서 누구보다 청렴하고 강직한 사람이란 것은, 어릴 때부터 곁에서 지켜봐 온 그녀가 가장 잘 안다.

'못 믿겠으면 직접 확인해 보라!'

서민준이 걸어준 전화에서 그녀의 아버지는, 평상시와 다름없이 딸의 안부부터 묻는다. 별일 없으시냐는 그녀의 물음에도, 이제 삼 년만 더 있으면 정년퇴직이라 직장에서도 뒤로 물러나 한가한 편인데 무슨 일이 있을 게 있냐고 웃는다. 그러나 아버지의 그런 태연함에서 그녀는 어두운 그림자를 발견해 낸다. 그녀가 터져 나오는 울음을 참지 못하면서 들은 얘기가 있다고 사실대로 말해달라고 하자, 그녀의 아버지는 사뭇 단호하다.

"내 일은 내가 알아서 할 것이니, 너는 신경 쓰지 말고 네 일에나 충실하면 된다!"

그러나 이어지는 아버지의 목소리는 가늘게 떨려 나온다.

"수연아! 나는 네 아버지로서 어떤 부끄러운 짓도 하지 않았다! 그러니 조금도 염려하지 마라! 시간이 지나면 모든 일이 저절로 해명될 것이니 말이다!"

그녀는 아버지에 대한 믿음을 새삼 확고히 한다. 아버지에게 불의(不意)의 어떤 사건이 생겼고, 그것 때문에 세상 사람들이 모두 다 오해를 한다고 해도, 아버지는 결코 부정한 일을 저지를 사람이 아니다. 그리고 그녀는 또한 확신한다. 이 갑작스러운 사건에는 반드시 어떤 내막이 있는 것이고, 그 내막에는 그녀를 납치한 자들이 관련되어 있을 것이라고!

서민준은 그녀에게 약속한다. 한 가지 일만 끝이 나면, 그녀의 아버지는 아무 탈 없이 원래대로 되돌아가게 될 것이라고! 그러니 자신이 시키는 대로만 하라고!

그녀는 따를 수밖에 없다. 그녀로 인해 평생 성실과 강직을 신념 삼아 일해왔고, 이제 정년퇴직까지 삼 년밖에 남지 않은 아버지의 인생에 불명예를 안겨주는 일만은 막아야 한다는 절박감에서다. 물론 그녀는 서민준이 말한 그 한 가지 일이 바로 김강한을 처단하는 것이란 사실은, 상상조차 하지 못했다.

저희 아버지가 한 겁니다!

쫘~악!

찰진 소리에 이어,

쿠~당!

서민준이 거실 바닥으로 나뒹군다.

"크~으……! 왜, 왜 이러시는… 겁니까?"

뺨을 감싸 쥔 서민준이 죽는 시늉을 한다. 그러나,

"원위치!"

김강한의 차가운 서슬에 놈이 무릎걸음으로 기어서 재빨리 원래의 자리로 돌아온다. 그러나 김강한의 손이 다시 올라가는 것을 보고는, 그대로 바닥에 머리를 처박으며 부르짖는다.

"제가 한 게 아닙니다! 저희 아버지가 한 겁니다!"

그 소리에는 김강한이 더 때리고 싶은 마음마저 사라져 버린다. 그리고,

"그래? 그럼 너희 아버지에게 죗값을 물어야 되겠군!"

그 말밖엔 해줄 말이 딱히 없다.

쉽게 해줄 수 없는 말

김강한이 서민준과 경호원 셋의 혼혈을 짚은 다음에, 홍수

연을 부축해 펜트하우스를 나선다. 사실을 명백하게 확인한 이상, 이제는 그의 방식대로 일을 처리할 차례다.

"괜찮을까요……?"

묻는 홍수연의 목소리에서 여전한 두려움이 묻어난다.

"날 믿어요! 이자들은 이제 더는 감히 허튼짓을 하지 못해요! 그리고 수연 씨는 곧장 집으로 가지 말고, 잠시 다른 곳에서 시간을 좀 보내요! 친구를 만나든지, 아니면 영화라도 한 편 보든지! 그리고 천천히 원룸으로 가요! 나도 그리 늦지 않게 갈 테니까!"

"네……!"

순순히 대답하는 그녀에게 김강한이 싱긋 웃어준다. 그러나 마음이 썩 명쾌하지는 않다. 그녀에게,

'날 믿어요!'

라는 말을 쉽게 해줘도 되는 걸까? 물론 그가 할 수 있는 만큼은 하겠지만, 혹시 일이 그녀가 바라는 바대로는 다 되지 않을 수도 있을 텐데 말이다.

홍수연을 택시에 태워 보내고 나니, 사위에는 어느새 어둠이 내리고 있다.

침입(侵入)

이소 그룹 서영한 회장의 집은 거부(巨富)와 저명인사들의 저택이 몰려 있다는 동네의 한적한 주택단지 내에 있다. 2층짜리의 본관 건물을 위시해 몇 동의 부속 건물, 그리고 넓은 정원을 포함하는 그 대저택은 높다란 담장으로 둘러싸여 있다.

김강한은 건물의 지붕과 담장 위 곳곳에 설치된 감시 카메라들의 위치를 대충 한번 살펴본다. 카메라에 촬영될 것을 크게 꺼리는 것은 아니지만, 저택 내에 있을 경호원들 혹은 경비업체와 쓸데없는 소란이 벌어지는 상황은 피하고자 함이다. 적어도 그가 서영한 회장과의 볼일을 끝낼 때까지는!

감시 카메라의 촬영 각도에서 그나마 외곽인 위치에서 김강한은 가볍게 담장을 뛰어넘는다. 그리고 담장의 그늘을 따라 이동하고, 또 정원의 바위와 나무 등의 그림자에 몸을 숨기며, 신속하게 본관 건물을 향해 이동한다. 그런 그의 움직임은 빠르고 은밀하다. 그리하여 설령 감시 카메라의 화면에 잡혔다고 하더라도, 누군가 화면을 아주 집중하여 주시하고 있는 중이 아니라면, 포착해 내기가 어려울 정도다.

저택의 경비 시스템을 과신한 것일까? 본관 건물의 현관 출입문은 잠겨 있지도 않다. 김강한이 제집이나 되는 것처럼 현관 안으로 성큼 들어선다. 필요한 사항들은 서민준에게서 대충 파악을 해둔 바다. 그런데 그때 마침 건너편의 방에서 나오던 사내 하나와 눈이 마주치는데, 김강한의 너무도 태연한 모습 때문일까? 사내가 경계감을 보이기보다는 설핏 의아해하며 묻는다.

"누구… 시죠?"

순간 바람처럼 다가선 김강한이 그대로 사내의 혼혈을 짚어버린다. 그리고 축 늘어지는 사내를 부축해서, 방금 그가 나온 방으로 간다. 방문을 열자, 각기 침대에 누워 있거나 벽에 기대앉아 TV를 보고 있던 세 명의 사내들이 김강한을 보고, 이어 그에 의해 축 늘어진 채로 끌려 들어오고 있는 동료를 발견하고 놀라서는,

"뭐야?"

"당신 누구야?"

저마다 외치며 황급히 몸을 튕겨 일으킨다. 그러나 사내들은 속수무책으로 김강한에게 제압을 당하고 만다. 김강한이 의식을 잃은 사내들 넷을 방바닥에 나란히 눕힌다. 그리고 안에서 잠금장치를 누른 상태로 문을 닫는다.

이로써 본관 건물에 상주하는 경호원 네 명을 모두 제압한 셈이다. 주방 안쪽에 있는 다른 방에 가사 도우미 아줌마가 있긴 하지만, 그녀까지 제압을 할 필요는 없을 터다. 그리고 부속 건물에 수행 비서와 차량 기사 정원 관리사 등의 인원들이 더 있긴 하지만, 그들은 부르지 않는 이상 본관 건물로는 오지 않을 것이다.

내 말이 웃긴가?

김강한은 천천히 2층으로 통하는 계단을 오른다. 2층은 서영한 회장만을 위한 독립 공간으로 넓은 거실과 서재, 그리고 침실이 있다. 거실에서 소리가 나지만, 사람은 없는 채로 TV만 저 홀로 켜져 있다. 그리고 서재 쪽에서,

턱~!

하는 가벼운 소리가 난다. 김강한이 천천한 걸음으로 다가가 보니, 문이 반쯤 열린 서재 안의 한쪽에 설치된 간이 골프 코스에서 누군가 퍼팅 연습을 하고 있다. 바로 그다. 얼굴은 김강한이 이미 아는 바이고, 이제는 누구인지까지를 알게 된, 바로 이소 그룹의 서영한 회장!

"누구야?"

돌아보지도 않고 묻는 목소리에 굳이 감추지 않는 불쾌감이 스며 있다. 아마 자신이 부르지도 않았는데 누군가 2층으로 올라와 자신의 시간을 함부로 방해하느냐는 질책 정도의 의미로 여겨진다. 김강한이 굳이 대답을 하지 않자, 서영한 회장은 한 번의 퍼팅을 더 하고 나서야 힐끗 뒤를 돌아본다. 그리고 약간의 짜증을 담고 있던 그의 표정이 한순간 크게 놀라고 당황한 것으로 변한다.

"너… 너는? 네놈이 여길 어떻게……?"

김강한이 여전히 무심하게 바라만 보고 있자, 서영한 회장은 빠르게 놀람을 수습하며 호통을 친다.

"지금 뭣 하는 짓이야? 여기가 어디라고 함부로 기어들어와? 너 지금 이거… 무단침입에 강도질이란 거 알고 있어?"

그러더니 서영한 회장은 서재 안쪽에 놓인 클래식한 디자인의 커다란 책상 쪽으로 걸음을 옮겨 가면서 계속 호통 조의 말을 이어간다.

"이 집 안팎으로 설치된 감시 카메라만 수십 대가 넘어! 이미 네 모습이 속속들이 다 찍혔다는 거다! 그게 무슨 뜻인지 모르진 않겠지? 그 정도 증거면 네놈을 몇 년쯤, 아니, 한 십 년쯤은 감옥에서 푹 썩게 해줄 수 있다는 얘기야!"

기다란 등받이를 가진 의자에 앉은 서영한 회장의 손이 책상 서랍을 더듬어 열고 있다. 그러나 그걸 지켜보면서도 김강한이 느긋하게 말을 받아준다.

"감옥? 감옥에는 당신이 가야 하지 않나? 납치에다 살인 청부까지 했으니 말이야!"

그 말에는 서영한 회장이,

"흐흐흐!"

하고 짐짓 느긋하게 웃음을 흘리고 나서 말한다.

"납치? 살인 청부? 도대체 무슨 소리를 지껄이는지 모르겠군! 증거 있나? 법정에 가서도 통할 증거 말이야! 대한민국이 법치국가라는 걸 모르나?"

김강한이 또한 느긋하게 답해준다.

"난 증거니 법정이니 하는 것들에는 별로 신경을 안 써! 따지고 싶은 게 있으면, 그냥 내 방식으로 따지지!"

서영한 회장이 실소하며 받는다.

"별 웃기는 놈이 다 있군!"

"내 말이 웃긴가? 하긴 웃건 울건, 그건 당신 자유지!"

그리고 김강한의 얼굴이 이윽고는 차가워진다.

"그러나 지금 중요한 건, 내가 지난번에 당신에게 경고를 했다는 사실이야! 그때 내가 그랬지? 한 번만 더 내 눈에 거슬리면, 이런 거 저런 거 안 가리고 그냥 확 뭉개 버린다고!"

서영한 회장의 얼굴이 또한 차갑게 일그러진다.

"닥쳐! 이 시건방진 새끼야! 네까짓 게 감히 지금 누구 앞에서 함부로 아가리를 놀려?"

이어 책상 서랍에서 나오는 서영한 회장의 손에는 권총 한 자루가 쥐어져 있다.

끓어!

"이 하찮은 양아치 새끼야! 어디 계속 지껄여 보시지! 대갈통에 총알이 박히고도 그럴 수 있는지 한번 보게 말이다!"

권총의 총구가 똑바로 김강한을 겨눈다. 그러나 김강한이 주눅 들기는커녕 오히려 차가운 냉소를 떠올리자, 서영한 회장의 얼굴에서는 이윽고 살기가 감돈다.

"웃어? 너, 이 새끼! 내가 널 못 죽일 것 같니? 착각하지 마, 새끼야! 네놈이 지금 이 자리에서 죽어나가도, 바뀌는 건 한 가지뿐이야! 바로 네놈이 더 이상 세상에 존재하지 않는다는 것! 네까짓 놈 하나 죽이고 뒤처리하는 건 일도 아니란 거다! 알겠냐? 이 멍청하고 무식한 양아치 새끼야!"

그런데 그 순간이다. 서영한 회장의 두 눈이 설핏 커진다. 찰나간 그의 시야에서 김강한이 번뜩하며 사라져 버렸기 때문이다. 그리고 다음 순간 김강한은 그의 바로 눈앞에서 솟아나듯이 다시 나타난다. 뒤늦게 사태를 경각한 그가 권총의 방아쇠를 당기려 했을 때, 권총은 이미 그의 손을 벗어나 버린 뒤다.

"엇?"

짧막한 경호성과 함께 서영한 회장의 몸이 돌연 의자에서 솟구쳐 오른다. 그러곤 그대로 서재의 중간쯤으로 날아가서는,

쿵!

바닥에 내동댕이쳐진다. 그 호된 충격에 서영한 회장이,

"크~으윽!"

고통스러운 비명을 내지를 때다.

쫘악!

찰진 소리와 함께,

"악!"

비명을 뱉으며 서영한 회장의 얼굴이 한쪽으로 홱 돌아간다. 김강한이 그의 뺨을 호되게 후려갈긴 것이다.

"꿇어!"

이어진 김강한의 나직한 명령에, 서영한 회장의 얼굴이 사납게 일그러진다.

"너… 너, 이 새끼……! 하찮은 양아치 새끼가 감히……?"

그러나 서영한 회장의 악다구니는 이어지지 못한다.

퍽!

김강한의 발끝이 그의 옆구리를 찍어버린 때문이다.

"헉……!"

서영한 회장이 비명조차 지르지 못하고 입만 딱 벌린 채 새우처럼 허리를 접는다.

"꿇어!"

김강한의 명령이 더욱 담담해진다. 그러나 무심하게 가라앉은 그의 얼굴은, 이제부터 그가 얼마든지 더 과격하고 잔인해질 수 있다는 것을 여실히 보여주는 듯하다. 겨우 숨통을 틔우고 힘겹게 머리를 드는 서영한 회장의 창백하게 질린 얼굴에서, 진저리 쳐지는 고통과 함께 절박한 경악과 공포가 묻어난다. 그리고 그는 이윽고 온 힘을 다하는 몸짓으로 무릎을 꿇는다.

두 가지 중에서

"난 꼼수 같은 건 안 좋아해! 그냥 정면으로 돌파해 버리고, 상대가 나한테 한 것만큼 되돌려주는 타입이지!"

김강한의 담담한 말에 서영한 회장의 얼굴에는 차라리 체념이 떠오른다. 김강한이 책상 위에 올려둔 권총을 눈짓으로 가리키며 덧붙인다.

"내 대갈통에 총알을 박아주겠다고 했지? 아마 내가 능력이 없었으면 당신은 정말로 권총을 쐈을 수도 있겠고, 내 머리에는 구멍이 뚫렸겠지? 자! 그럼 나도 되돌려줘야겠는데, 음……! 그렇다고 머리에 구멍을 뚫어버리면 당신이 즉사해 버릴 테니까, 그건 좀 재미가 없을 것 같고… 이렇게 하지! 당신한테 두 가지 중에서 선택할 수 있도록 해줄게! 우선 첫 번째는 당신 머리에 구멍을 뚫는 대신, 양쪽 어깨에다가 한 개씩 구멍을 뚫어줄게! 뭐, 구멍이 두 개로 늘긴 하지만, 그래도 즉사는 피할 수 있잖아? 어때? 마음에 들어?"

부르르!

서영한 회장이 한 차례 세차게 몸을 떤다. 지레 질려 하는 모습이다. 지난번 원룸 옥상에서 겪었던 일들이 새삼 떠오르기도 할 것이다. 자기 앞에서 쇠 파이프를 들었다고, 그대로 쇠 파이프로 응징을 가하던 김강한의 기질을!

"다른 한 가지는… 뭔가……?"

서영한 회장의 목소리가 가늘게 떨려 나온다.

"두 번째는, 그냥 나한테 몇 대 맞는 거야! 좀 아프기는 하겠지만, 피가 나거나 멍이 들거나 하지는 않을 거야! 몸에 구멍이 나는 것보다야 외관상 훨씬 깔끔하다고 할 수 있지!"

서영한 회장의 눈빛에 다시 간절함이 서린다.

"그 두 가지 외에는… 다른 방법은 안 되겠나……? 내가 자네에게 해줄 수 있는 일들이 꽤나 많을 것 같은데……?"

김강한이 희미하게 웃으며 받는다.

"당신이 뭘 해주지 않아도, 내 힘으로도 하고 싶은 건 다 할 수 있어! 그러니까 괜히 쓸데없는 잔머리 굴리지 말고, 두 가지 중에서 하나를 선택해! 아! 참고로, 내가 선호하는 건 첫 번째야! 총알 두 방이면 간단히 끝이 나니까 말이야! 당신이 선택하는 게 어렵다고 하면, 그냥 그쪽으로 할게! 자! 지금부터 5초 준다! 하나! 둘! 셋! 넷……!"

"자, 잠깐! 두 번째! 두 번째… 로 하겠네……!"

각인

“끄으… 으으… 으……!”

속을 후벼 파는 듯한 그 나직한 신음 소리에는 처절한 고통과, 더불어 절박하고도 간절한 호소가 담겨 있다. 서영한 회장이 내는 소리다. 그는 지금 서재 바닥에서 겨우 꿈틀대는 몸짓으로 울부짖고 있다. 그가 얼굴을 비벼대고 있는 바닥은, 그에게서 분비되고 토해진 땀과 눈물과 기타의 액체로 흥건하다. 그가 선택한 ‘두 번째’는 고문이다.

김강한은 무겁게 굳은 표정으로 시선을 다른 곳으로 피하고 있다. 그가 남의 고통을 즐길 만큼의 차가운 심장을 가지고 있는 것은 아니다. 다만 그가 파악하고 판단해 본 서영한 회장은, 다른 사람의 고통에는 둔감하되 자신의 자그마한 손해는 절대 참지 못하는 지독한 이기주의와 편견을 가진 인물이다. 그런 서영한 회장에게 극단의 고통을 맛보게 해주려는 것이다. 그가 이때까지 경험해 보지 못했을뿐더러, 미처 상상조차 해보지 못했던 한계적 고통을! 그럼으로써 그의 뇌리에 절대적인 공포를 각인시키려는 것이다. 또한 그럼으로써 앞으로는 다른 사람에게 함부로 고통을 가하지 못하게 되기를 바라는 것이다.

“끄으… 아아… 아……!”

서영한 회장이 울부짖는 소리가 이어지고 있다. 더욱 처절하게! 더욱 절박하게!

절박한 맹세

"아아… 아아… 아……!"

서영한 회장이 한순간 차라리 희열에 넘치는 듯이도 들리는 긴 탄식을 토해낸다. 그러더니 온몸을 축 늘어뜨리곤 죽은 듯이 꼼짝도 하지 못한다. 다만 힘겹게 부릅뜬 그의 두 눈만큼은 여전히 극한의 공포와 간절한 호소를 담은 채, 김강한을 바라본다. 김강한이 무심하게 입을 연다.

"당신이 납치한 아가씨, 홍수연! 당신이 그녀에게 했던 짓거리들, 즉시 원래대로 다 되돌려놔! 그리고 나한테 복수하고 싶으면, 법이든 돈이든 권력이든 당신이 할 수 있는 건 다 동원해서 해봐! 단, 이거 한 가지는 확실하게 알아둬! 일단 복수를 할 것 같으면, 무슨 수를 써서라도 날 확실히 죽여! 안 그러면 내가 당신을 다시 찾을 것이고, 그때는 장담하건대 방금 당신이 겪은 것보다 열 배, 아니, 백 배쯤 더 짜릿한 고통을 맛보게 될 거야!"

서영한 회장의 입이 힘겹게 벌어진다.

"……."

그러나 무슨 소리를 뱉으려고 애를 쓰지만, 그는 막상 아무 소리도 내지 못한다. 그렇더라도 남은 힘을 모조리 짜내는 듯이 겨우 까딱거리는 고갯짓과, 또 격렬하게 흔들리는 눈빛에서는 그의 절박한 맹세를 읽을 수 있다.

'다시는……! 다시는 이 지옥의 고통을 겪고 싶지 않다……!'

그래, 술이나 한잔하자!

시간은 어느새 새벽으로 접어들고 있다. 돌이켜 보면 참 많은 일들이 벌어졌던 밤이다.

두웰로 돌아왔지만, 김강한은 원룸으로 올라가지 않고 현관에서 되돌아 나온다. 그런 데는 302호 창문에 불빛이 없다는 이유도 있다. 혹시 그가 너무 늦게 와서, 홍수연이 두려움에 원룸으로 들어가지 못한 것은 아닐까 염려가 생기는 것이다.

건너편 편의점의 환하게 켜진 불빛이 반갑다. 24시 편의점이니 당연하다고 해야겠지만! 한편 생각해 보면 이 밤의 모든 사건이 시작된 지점이 바로 저곳 편의점이다. 또한 같은 맥락에서의 연관성 때문인지 모르겠지만, 김강한은 문득 입안에서부터 목구멍 아래의 식도 줄기까지가 칼칼해지는 갈증을 느낀다. 그리고 갑자기 당긴다. 편의점 진열대에 딱 2병이 남아 있었지만, 한 병은 그가 이미 마셔 버렸고, 이제는 딱 한 병만이 남아 있을—물론 그새 누가 채 가지 않았다면—, 그 40도쯤의 비싸지 않은 양주!

식도를 타고,

찌르르!

하니 넘어가는 그것의 독한 화끈함이 그립다.

'그래, 술이나 한잔하자!'

편의점으로 들어선 김강한이 진열대부터 살핀다. 있다. 다행이라기보다는 횡재라도 한 기분이다. 그런데 그가 딱 한 병뿐인 그 양주를 집어 들고 계산을 하려 할 때다. 예의 그 오십 대의 편의점 주인이 뭐라고 말을 걸고 싶은 듯이 입술을 딸막거리는 모양새다. 그러나 막상 쉽게 입을 떼지는 못하는 기색이다.

'무슨 하실 말씀이라도……?'

하고 굳이 물어볼 건 또 아니기에, 김강한이 편의점 안쪽의 테이블로 가서 의자 하나를 차지하고 앉는다. 그리고 잔도 필요 없이 병째 '깡양주' 한 모금을 들이켠다.

"크~으!"

김강한이 화끈한 목 넘김을 음미하는 모습을, 편의점 주인이 곁눈질하고 있다. 그런 편의점 주인의 곁눈질에는, 아마도 진열대에 딱 2병뿐이던—그것도 어쩌면 오랫동안 팔리지 않고 그야말로 진열대만 차지하고 있었을지도 모를— 양주를 하룻밤에 다 처분했다는 만족감과, 더불어 안주도 없이 깡으로 병째 양주를 마셔대는 손님에 대한 호기심과, 또 그 손님으로 인해 새삼 떠올릴 수밖에 없는, 아까 저녁에 아들 같은 나이의 조폭에게 상상도 못 한 폭언을 들었던 때의 충격과 두려움, 그리고 다시 그런 것들로부터 오는 자괴감 등등이 복잡하게 섞였을 법하다.

이웃사촌

김강한이 아무 생각도 없이 기계적이다시피 한 모금씩 양주를 들이켜는 중인데, 문득 유리창 바깥쪽으로 와서 서는 한 사람의 모습이 시선에 들어온다. 두웰 쪽을 살피면서 서성거리는 그녀는 바로 홍수연이다.

퉁! 퉁! 퉁!

김강한이 손가락으로 유리창을 두드린 그 소리는, 새벽의 적막을 타고 제법 크게 울려 나간 모양이다. 그녀가 움찔 놀라는 시늉으로 몸을 돌린다. 그러곤 손을 눈가에 가져다 대는 시늉으로 편의점 안쪽을 살피더니, 갑자기 환하게 웃는 얼굴이 된다.

팔~랑!

팔~랑!

날갯짓을 하듯이 애교스럽게 두 팔을 흔들며 그녀가 편의점 안으로 뛰어 들어온다.

"아저씨! 여기서 뭐 하고 계세요?"

그녀의 목소리가 밝다. 불과 몇 시간 전까지 공포와 절망에 질려 있던 사람이라고는 생각하기 어려우리만큼! 다행이다.

"근데 이 시간에 웬 술이에요? 어머……? 안주도 없이?"

그녀는 대뜸 깡양주에 대한 걱정부터 비친다.

"그러는 아가씨는 집에 안 들어가고 밖에서 뭐 하고 있어요? 이 시간에!"

김강한이 싱긋 웃으며 농담조로 응수해 준다.

"저는… 아저씨가 아직 돌아오지 않으신 것 같아서……!"

"후훗! 그래서 무서워서? 참 사람 말을 엔간히도 못 믿는 아가씨네? 내가 이제 괜찮다고 했을 텐데……?"

그녀가 수줍게 웃는다. 그러고는 가만히 고개를 숙인다.

"고마워요! 아저씨!"

"뭘……? 고마울 게 뭐가 있어요? 우리 사이에?"

김강한이 별생각 없이 응수를 하고 보니, 말에 괜히 좀 이상한 감이 있다. 그래서 얼른 정정을 한다.

"이웃사촌이잖아요? 멀리 있는 친척보다 훨씬 더 가까운!"

그녀의 표정이 다시금 환해진다.

"네! 그래요! 저한테 아저씨 같은 이웃사촌이 있어서, 얼마나 감사하고 얼마나 다행인지 몰라요!"

그런 데는 김강한이 또 겸연쩍어져서 슬쩍 말을 돌린다.

"뭣 좀 먹을래요? 컵라면이라도……?"

그러나 그녀는 가볍게 고개를 가로젓는다. 그러곤 침묵을 지키는데, 얼굴의 잔잔한 웃음기까지 거두지는 않았지만 문득 진지해지는 기색이다.

사람의 인연이란 것은 원래 그런 것 아닐까?

"사실은 저, 며칠 전에 정규직 전환 최종 평가에서 떨어졌어요! 그래서 회사에도 안 나가고 있는 중이고……!"

홍수연이 불쑥 얘기를 꺼낸다. 그런데 그녀의 얼굴이 여전히 밝고 편안해 보이기까지 해서, 김강한이 위로를 건네야 할지 말지 망설여진다. 그런 중에 그녀가 다시 차분하게 얘기를 이어간다.

"아까 아빠한테 전화해서 말씀드렸더니, 당장에 부산으로 내려오라고 하세요. 객지에서 괜한 고생 하지 말고, 집에 와서 일단 좀 쉬면서 천천히 다른 일 알아봐도 된다고. 아직 새파랗게 젊은데 급할 게 뭐가 있냐고……."

그녀의 표정이 설핏 무거워지는 듯하다. 그러나 금세 또 밝은 빛으로 되면서 그녀가 말을 돌린다.

"아, 참! 저희 아빠 직장 일은 잘 해결됐다고 하시네요! 처음부터 엉뚱한 오해가 있었던 것이라고요!"

김강한이 얼른 장단을 맞춘다.

"잘됐네! 정말!"

"다 아저씨 덕분이에요!"

그녀가 다시금 고개를 숙인다.

"에이, 또 그런다! 이웃사촌 간에 자꾸 그러면 반칙인데……?"

김강한이 짐짓 인상을 쓰면서도 기분은 좋다. 이어 그가 생각 없는 한마디를 불쑥 뱉고 만 것은, 그런 기분 탓일 것이다.

"혹시… 내가 좀 알아봐 줄까……?"

"뭘요?"

그녀가 반문을 하고 나서야, 김강한은 괜한 말을 했다는 후회를 실감한다. 그러나 기왕에 뱉은 말이니, 그가 농담처럼 뒷수습을 한다.

"그러니까 내 말은… 수연 씨의 그 회사에서 뭔가 행정 착오가 있었을 수도 있지 않느냐? 그런 측면으로 생각을 해볼 필요도 분명히 있겠다! 뭐, 그런 얘기인 거지!"

"정말요?"

그녀가 눈을 조금 크게 떠 보인다. 그런 그녀에게서는 약간의 장난기가 비치기도 해서, 김강한은 기왕에 농담 삼은 얘기를 이어간다.

“그렇지! 아니… 수연 씨 같은 인재라면 누가 보더라도 당연히 합격을 하고도 남는데, 평가에서 떨어졌다면 이건 분명히 무슨 착오가 있거나, 아니면 문제가 있는 거지!”

사실은 김강한이 아주 농담으로만 하는 얘기는 또 아니다. 그녀의 평가 결과에 무슨 착오나 문제가 있다는 건 물론 아니고, 그녀에게 도움을 줄 생각이 있다는 것이다. 이룸 재단 쪽이야 지금의 상황상 어렵다고 해야겠지만, 그녀가 다닌 회사가 공기업이라고 하니 최중건 쪽으로 부탁을 하면 웬만한 편리는 다 봐줄 수 있을 것 아닌가 말이다. 물론 그런 것이야말로 아주 전형적인 적폐라고 해야 하겠지만!

그녀가 잔잔히 웃고 있다. 표정의 장난기는 말끔히 사라졌지만, 한층 밝고 편안한 얼굴이다.

“절 그렇게 대단하게 봐주셔서 고마워요! 그렇지만 제 능력이 부족해서 떨어진걸요! 그리고 이번 일로 절실히 깨달은 게 있어요! 세상에서 가장 소중한 건 가족이란 사실이죠! 그래서 아빠 말씀대로, 한동안은 가족들과 함께 지내고 싶어졌어요! 그리고 부산에도 괜찮은 공기업들이 있으니까, 계속 공부하면서 그쪽으로 응시를 해볼 생각이에요!”

그런 데는 김강한도 딱히 더 할 말이 있을 까닭은 없다. 그저 고개를 끄덕여 주는 것밖에는!

“그리고 아저씨께 부탁드릴 게 한 가지 있어요!”

그 말에는 김강한이 짐짓 두 손을 벌려 보인다. 흔쾌하게! 호기롭게!

“부탁……? 뭔데? 뭐든지 말해봐요! 내가 다 들어줄 테니까!”

그녀가 수줍게 웃으며 말을 잇는다.

“언제 부산에 오실 일이 있으면 꼭 연락 주세요! 제가 크게 대접은 못 해드리겠지만, 싱싱하고 맛있는 회 한 접시쯤은 사드릴게요!”

“하하하!”

김강한이 흔쾌한 웃음으로 대답을 대신한다. 그리고 그는 실감한다. 이렇게 이별이란 것을! 그러고 보니 그는 아직 홍수연의 휴대폰 번호도 모른다. 홍수연 또한 그의 휴대폰 번호를 모른다. 그러나 그는 굳이 물어보지 않기로 한다. 사람의 인연이란 것은 원래 그런 것 아닐까? 만남이 있으면 헤어짐이 있고, 헤어짐이 있으면 다시 만남도 있는! 그런 것이 인연이라면, 굳이 휴대폰 번호 같은 걸 알 필요도, 알려줄 필요도 없는 것이리라! 인연이 된다면 언젠가 다시 만나게 될 것이므로!

제10장

—

이율배반(二律背反)

S1건 보고

1. 보고 개요

중국 국가 안전부(이하 MSS)의 요청에 따른 비공식 접촉에서 북한 중요 인사(이하 S1)의 한국행에 대한 극비 제안이 있었음.

1) 대상 인원: S1을 포함한 총 4명

2) 방식: 탈북이나 망명이 아닌, 밀입국 및 단기 비밀 체류

2. 배경 및 분석 내용

1) S1은 북한의 현재 정권에 의해 스탠딩 오더로 제거 지시가 내려진 인물로, 그가 가진 상징성과 혈통의 정통성 등에 의해 북한의 급변 사태 발생 시 차기 정권을 이을 1순위로 평가받는 인물임.

2) 중국은 북한의 현재 정권에 대한 불만이 커지고 있는 상황에서 만약의 대안으로 S1을 고려하고 있는 것으로 보이며, MSS 차원에서 암중 신변 보호를 해오고 있는 것으로 파악됨.

3) 이번 제안은 S1이 직접 제안한 것이라고 함. 멀지 않은 시기에 북한에 급변 사태가 발생할 것이고, 그때 자신이 정권을 접수할 사전 준비를 위하여 한국의 중요 인사들과 우선적으로 교감을 나눌 기회를 원한다고 함.

4) 중국(MSS)은 북한에 급변 사태가 발생하고 현재 정권이 갑작스럽게 붕괴되어 휴전선과 북중 국경이 무너지게 되면, 한중 양국이 공히 감당하기 어려운 혼돈 상태에 직면하게 될 것인바, 양국의 공동 대비가 필요하다는 입장임. 즉, 사태가 확산되기 전에 북한 내부적으로 혼란을 정리할 수 있는 방법이 강구되어야 하며, 그것을 위한 가장 현실적이고도 효과적인 방법은 바로 S1으로 하여금 정권을 승계하도록 하는 것이라는 주장임. 물론 중국의 의도는 S1을 내세워 북한에 보다 친(親)중국적인 정권을 세우겠다는 것으로 보임.

5) 중국(MSS)은 한국이 이번 제안의 성사를 통해 S1에 대한 평

가의 기회를 가져보기 바란다는 입장과, 또 점진적인 한반도의 통일을 위한 상호 신뢰와 공감대를 만드는 중요한 기회로도 활용해 볼 것을 권유한다는 취지를 전해옴.

6) 중국(MSS)이 S1을 보호하고 있는 데 대해 북한의 불만이 고조되고 있는 것으로 파악됨. 중국(MSS)으로서도 더 이상 중국의 영향권(홍콩, 마카오, 중국 본토 외) 내에서 S1을 보호하는 데 부담을 느끼는 것으로 보임. 따라서 S1을 일정 기간 한국으로 이동시킴으로써 북한의 초점을 일단 흩뜨려 놓고, 그런 중에 새로운 대책을 강구하려는 것일 수 있음.

7) 혹은, 북한의 지속적인 살해 위협에 대해 중국(MSS)의 비공식적인 보호를 더 이상 신뢰하기 어렵게 된 S1이, 극단적인 대안으로 한국행을 주장한 것일 수도 있음. 즉, 그동안 중국에 의해 숨겨져 왔던 존재에서 탈피하여, 한국 정부에(혹은 나아가 미국을 포함한 국제사회에) 자신의 존재감과 가치를 적극적으로 부각시킴으로써, 상대적으로 북한의 위협으로부터 자유로워지려는 시도일 수도 있다는 것임.

3. MSS의 요청 사항 중 특이 내용

*별도 보고

4. 지침 하달 바람.

지하통로

"조 행정관! 오랜만이오!"

맞은편에서 걸어오며 밝게 인사를 건네는 사람은 박광천 청와대 국민소통수석이다.

"안녕하십니까? 그런데 그만둔 지가 언젠데 아직까지 조 행정관입니까?"

김강한이 짐짓 볼멘소리로 받는다. 박광천 수석이 싱긋이 웃고는, 대동하고 온 수행원에게 눈짓을 한다. 수행원이 뒤로 멀찍이 물러서자, 박광천 수석과 김강한은 나란히 걷는다.

"박 수석께서 이런 데를 오는 건, 영 어울리지 않는 것 같습니다만……! 혹시 그동안에 국민소통수석의 업무 분장이 바뀌기라도 한 겁니까?"

김강한의 다시금의 짐짓 시비에, 박광천 수석이 덤덤하게 웃으며 받는다.

"허허허! 글쎄 말이오! 어쩌다 보니 일이 이렇게 되고 말았소!"

사실 그들이 걷고 있는 이곳은 지하통로이다. 국정원이 관리하는 안가 중에서도 최상위 보안 등급인 16호 안가와, 인접한 17호 안가를 연결하는!

"그런데 무슨 일입니까?"

"꼭 맡아줘야 할 임무가 하나 생겼소!"

"임무요?"

김강한이 가볍게 반문하고 나서, 박광천 수석을 빤히 응시하면서 덧붙인다.

"이미 그만둔 사람한테 임무라니요? 당황스럽네요!"

그 말에는 박광천 수석이 정작으로 당황스러운지 어색하게 웃으며 말을 꺼낸다.

"워낙 민감하고도 긴요한 일이라서……!"

"그래요? 잘됐네요."

"……?"

"제가, 특히 그런 일은 더더욱 안 하기로 했거든요!"

박광천 수석이 잔뜩 미간을 좁혔다가는, 문득 진중한 기색으로 되며 다시 말을 꺼낸다.

"VIP께서 이번 일만큼은 꼭 부탁한다고 하셨소!"

그 소리에는 김강한이,

"쩝!"

입맛부터 다시고 만다.

위험한 인물

"이건 극비 중의 극비 사항이오! 북한의 아주 중요한 인물 하나가 지금 서울에 들어와 있소!"

박광천 수석의 목소리가 나지막해진다.

"북한……? 아주 중요한 인물이요?"

김강한이 반문하고는, 농담이라는 듯이 슬쩍 덧붙인다.

"뭐, 북한의 대빵이라도 왔다는 겁니까?"

그러나 박광천 수석이 여전히 잔뜩 진중한 채로 고개를 끄덕인다.

"비슷하오! 가까운 미래에 북한의 1호가 될 수도 있는, 그럴 가능성이 아주 높은 인물이오!"

"흐~음……?"

김강한이 반은 놀라움, 그러나 나머지 반은,

'지금 진담입니까?'

하는 의구심으로 추임새를 넣는다.

"후우~!"

박광천 수석이 나직한 한숨을 불어 내쉬고는, 무겁게 잇는다.

"그런 까닭에 북한의 현재 정권에서는 그를 정권 안정의 최고 위협 요소로 지목하고, 이미 몇 년 전부터 스탠딩 오더로 제거 지시를 하달해 놓고 있는 상태요!"

"스탠딩 오더요?"

"이미 명령이 내려졌고, 명령권자가 직접 명령을 취소하지 않는 한 그 효력이 지속되는, 그리하여 반드시 수행되어야 하는 지상명령을 말하는 것이오!"

"그런데도 여태껏 살아남았고, 이제는 서울에까지 들어왔다는 겁니까?"

"중국 쪽에서 은밀하게 그를 비호하고 있소! 그의 이번 서울행도 그런 것과 무관하지 않고! 그 안에 얽힌 사정은 복잡하기도 하고 극비 사항이라 자세하게는 말할 수 없지만, 어쨌거나 그는 어제 중국에서 서해를 통해 한국으로 밀입국을 했고, 짧으면 며칠, 길면 2주 정도를 서울에 머물다가 다시 중국으로 돌아가기로 되어 있소! 물론 우리 정부는 전혀 모르는 것으로 되어 있는 일이오! 만약 그의 신변이 노출되거나 이상이 생긴다면, 우리 정부로서는 대단히 곤란한 입장에 처하게 될 것이니까!"

박광천 수석이 다시금 짧게 숨을 한 번 돌리고 나서 말을 이어간다.

"또한 그럴 경우, 북한에서는 당장 그를 제거하기 위해 수단 방법을 가리지 않을 것이고, 남북 관계 또한 촉발의 긴장 상황으로 돌입하게 될 거요!"

"그런 줄 알면서, 그렇게 위험한 인물을 왜 서울에 발을 들이게 한 겁니까?"

박광천 수석이 새삼 무겁게 표정을 굳힌다.

"더 이상은 말할 수 없소! 내가 말할 수 있는 건, 여기까지가 다요!"

이율배반(二律背反)

김강한이 잠시 박광천 수석을 응시하고 있다가, 짐짓 덤덤한 표정을 만들고는 슬쩍 말을 돌린다.

"뭐, 좋습니다! 그래서요? 저더러 뭘 어떻게 하라는 겁니까?"

"그가 서울에 있는 동안에 경호를 맡아주시오!"

"그자의 경호를 맡으라고요? 허……! 아니, 설마……? 저 혼자서 말입니까?"

"그와 함께 온 세 명의 일행이 있소! 하나는 전광이란 자로, 오래전부터 그를 전담 경호해 온 북한 정찰총국 특수 요원 출신이오! 나머지 둘은 아직 신원이 밝혀지지 않은 남녀인데, 아마도 중국의 최고 정보기관인 국가 안전부 쪽에서 그의 안전을 위해 특별히 붙여준 비밀 특수 요원인 것으로 추정되고 있소! 그들 세 명이 일차적으로 그를 밀착 경호할 거요!"

"그러니까 뭡니까? 어쨌거나 우리 쪽에서는 결국 저 혼자라는 것 아닙니까?"

"그렇소! 그리고 좀 더 분명히 하자면, 우리 쪽이 아닌… 그냥 조 행정관 혼자요!"

그 말에는 김강한이 차라리 실소를 뱉고 만다.

"훗!"

박광천 수석이 말하고자 하는 바는 너무도 분명해졌는데, 그러고도 여전히 '조 행정관' 소리를 하는 데 대해서다. 아이러니하달까? 이율배반적이랄까?

왜 접니까?

"마지막으로 한 가지만 더 묻죠! 그리고 그 대답에 따라서 할지 말지 결정을 할 겁니다!"

"말해보시오!"

"왜 접니까? 민감한 상황이라고는 해도, 그런 만큼 오히려 이런 분야에 특화된 전문 요원에게 임무를 맡기는 것이 훨씬 더 나을 수도 있을 텐데, 왜 꼭 저여야 하는 겁니까? 이건 마치 뭔가, 일부러 저를 끌어들이려는 느낌마저 들기에 물어보는 겁니다!"

김강한의 그 말은 사뭇 억지스러울 수도 있겠다. 그러나 박광천 수석은 당황하는 기색 없이 여전히 차분하다.

"사실은 중국 측에서 특별히 조 행정관을 지목했소! 그가 서울에 머무는 동안 조 행정관이 경호를 맡아줄 것을!"

"중국 측에서요?"

"짐작해 보건대는 아마도 지난번 북경에서의 기자단 폭행 사건과, 또 VIP 환영 만찬장에서 있었던 상황들과 아무래도 관련이 좀 있지 않나 싶소!"

그 말에는 김강한이 또 문득의 관심과 흥미가 생기는 데가 있다. 그리하여 그가 잠시 숙고하는 체를 한 끝에, 짐짓 결단을 내린다는 듯이 고개를 끄덕인다.

"좋습니다! 일단 해보는 걸로 하죠! 그렇지만 VIP께는 꼭 전해주십시오! 앞으로는 이런 부탁, 하지 말아주시라고! 그리고 돼지국밥집 약속이나 지키시라고!"

박광천 수석이 설핏 어색한 웃음을 떠올리며 고개를 주억거린다.

"알겠소! 그대로 전해 드리겠소!"

제11장

—

충고

벙커

17호 안가에서 두 명의 사내가 대면을 하고 있다. 둘 중 하나는 박광천 청와대 국민소통수석이다. 그리고 나머지 하나는 펑퍼짐한 살집의 비만한 체구인데, 사뭇 걸맞지 않게도 무겁고 진중해 보이는 인상을 지닌 사십 대 중후반쯤의 인물이다.

"박광천입니다!"

"김찬입니다!"

서로의 소속과 지위에 대해서는 언급 없이 각자의 이름만으로 간단히 인사를 건넨 두 사람은, 미리 얘기가 되어 있었던지 곧장 벙커로 향한다. 둘만의 단독 대화를 위해서다.

벙커란 17호 안가의 지하에 위치한 밀실을 말한다. 사방과 천장, 그리고 지하까지 두터운 콘크리트 벽으로 둘러 쳐져 있어서 외부 충격에 대한 방호는 물론, 전자기파에 대한 차폐까지 안배된 안전 공간이다. 아울러 한 달 정도는 외부의 지원 없이도 생활이 가능하도록, 필요한 제반 시설과 용품들이 갖춰져 있는 대피 시설이기도 하다.

썅! 무례하지 말라고 하지 않았니?

벙커 앞에서 박광천 수석이 휴대폰을 꺼내 자신을 수행해 온 요원에게 건넨다. 아마도 김찬이라는 이름의 사내와 단독으로 대화를 나누기 전에, 혹시 대화 내용이 녹취되거나 감청될 여지 따위를 미리 제거하자는 뜻에서이리라!

잘 단련된 체형과 절제된 움직임만으로도 정보 계통의 특수 요원일 것으로 짐작되는 그 수행 요원은 박광천 수석의 휴대폰을 갈무리하더니, 이어 김찬을 향해 손을 내민다. 그런데 그때다.

"무례하지 말라!"

나직하나 날카롭게 외치며 김찬의 앞을 가로막고 나서서는, 수행 요원이 내민 손을 간단히,

툭!

쳐내 버리는 사람이 있다. 검게 그을린 데다 험상궂으리만치 강한 인상에, 깡말랐으면서도 강철같이 단단해 보이는 체형이다. 그리고 김찬의 뒤를 내내 그림자처럼 따르고 있다는 데서, 김강한은 그자가 바로 전광이라는 자일 것으로 짐작해 본다. 박광천 수석에게 들었던 바의, 북한 정찰총국 특수 요원 출신이며 오래전부터 김찬을 전담 경호해 왔다는 바로 그자 말이다.

"휴대폰을 비롯한 모든 전자기기는 벙커 내로 반입이 금지되어 있습니다! 저희 규정에 따라주십시오!"

수행 요원이 단호하게 말하며 다시 전광 뒤쪽의 김찬을 향해 손을 내미는데,

"썅! 무례하지 말라고 하지 않았니?"

전광이 거칠게 내뱉으며 수행 요원의 가슴팍을 밀친다. 거기에 대해 수행 요원이 어깨를 비틀어 피하며 손바닥을 편 채로 상대의 얼굴을 밀치는 것으로 대응을 하면서, 두 사람 간에는 전광석화와도 같은 몇 수의 공방이 오간다.

타다다~닥!

겉으로 표시를 내지는 않았어도 아마도 벌써부터 전신의

솜털 끝까지 긴장을 끌어 올리고 있었을 두 사람이, 전광의 돌발적인 행동을 기점으로 찰나간의 반사적이고도 폭발적인 연쇄반응을 일으킨 것일 터다.

그리고 다시 한순간 두 사람이 갈라진다. 그런데 둘은 어느 틈엔지 서로를 향해 권총을 겨누고 있다.

그만하라!

"멈춰!"

뾰족한 외침을 토해낸 것은 박광천 수석이다. 그런 그는 전광과 수행 요원이 총구를 맞겨누는 살벌한 대치에 들어가고 나서야, 겨우 놀람을 추스른 모양새다. 이어 그는 다시, 자신의 수행 요원을 향해 무겁게 호통을 친다.

"이게 무슨 경솔한 짓인가? 어서 총을 거두게!"

그러나 수행 요원은 꿈쩍도 않고 여전히 전광을 향해 권총을 겨누고 있다. 지금의 접촉은 어디까지나 비공식적이다. 더욱이 적국의 중요 인물을 만나는 극비의 자리다. 그런 만큼 자신이 먼저 총을 거두고 나면 그야말로 무방비가 되고 마는데, 그다음에 어떤 사태가 벌어질지 모른다는 상황 판단에서일 것이다. 그때다.

"그만하라!"

묵직한 저음이 나직하게 울린다. 김찬이다. 그리고 그 덤덤하기까지 한 말 한마디에 전광이 즉시 권총을 거두고는 김찬의 뒤로 물러선다. 그런 모습에서는, 김찬의 명령에 대해서는 그것이 무엇이든, 또 어떤 상황에서든 무조건, 그야말로 절대 복종한다는 전광의 철칙을 보는 듯하다.

"나는 손전화 같은 것 가지고 다니지 않소!"

무심한 듯이 던지는 김찬의 말이다. 그에 수행 요원이 슬며시 권총을 거두고는, 김찬을 향해 가볍게 고개를 숙여 보인다. 그러곤 재빨리 벙커 출입문 옆쪽의 벽면에 달린 작은 제어 상자로 가서 버튼을 누르는데, 벙커를 여는 비밀번호일 터다.

스르~릉!

어른 손으로 한 뼘 반은 넘어 보이는 두께에, 언뜻 보기에도 육중해 보이는 벙커의 문이 전동장치에 의해 부드럽게 열린다.

일남일녀(一男一女)

박광천 수석과 수행 요원이 안가를 떠나고 난 뒤, 김강한 혼자만 안가에 남았다. 좀 더 정확하게는 남겨졌다고 해야겠지만!

김찬은 내내 무겁고 차분한 모습인 채로 김강한에 대해서는 눈길도 주지 않는다. 그런 김찬과, 또 전광까지는 일단 제쳐놓고, 김강한은 다른 두 사람에 대해 비로소 자세하게 살펴본다. 박광천 수석이 아마도 중국 측에서 김찬의 신변 보호를 위해 특별히 붙여준 것으로 판단하고 있다는, 예의 그 신원미상의 일남일녀다.

우선 여자는 이십 대 후반쯤으로 보인다. 그런데 처음에는 잘 몰랐는데, 이제 보니 미인이다. 그것도 볼수록 눈이 크게 떠질 만큼의 대단한 미모다. 김강한이 여자의 미모에 대해서 미처 알아보지 못했던 것은 아마도 그녀의 무표정과, 또 그런 데서 풍겨져 나오는 은근한 차가움 때문이었을까? 냉염(冷艶)하다! 차가운 아름다움이랄까? 여인의 미모에는 그런 묘사가 어울릴 듯하다. 별생각 없이 스쳐 볼 때는 그냥 차갑고 건조하다 싶은데, 가만히 보고 있자면 차가운 아름다움이 확연하게 살아나며, 더하여 도도한 기품이 돋보인다.

일남일녀 중의 남자에 대해서는 사뭇 상반된다고 해야 할 두 가지 느낌이 혼재한다. 답답함과 감탄이다. 우선 답답하다는 것은 남자의 옷차림에서다. 남자는 블루 톤의 셔츠 위에 짙은 회색의 재킷을 걸쳤는데, 노타이임에도 셔츠의 맨 위쪽 단추까지를 꽉꽉 다 채웠다. 셔츠의 양 소매 또한 재킷의 바깥으로 너무 길게 나와서 손등의 반 정도를 덮고 있다. 그런 차림은 보는 사람으로 하여금 괜스레 목이 조이는 듯한 느낌에다, 답답하고 거추장스럽다는 느낌까지를 주는 데가 다분히 있다. 다만 남자의 얼굴이 창백하리만큼 흰색의 톤인데 비해, 셔츠의 소매 밖으로 반쯤밖에 드러나지 않은 손등의 피부는 혹시 흑인 갈래의 혼혈이 아닌가 싶을 정도로 검은색의 톤이다. 그런 데서는 얼굴을 제외한 그의 온몸에 어떤 심각한 피부질환이 있지는 않나, 그래서 셔츠를 그런 식으로 입었나 하는 짐작을 해보게도 된다.

다음으로 감탄스럽다는 것은 남자의 몸이다. 옷차림이 주는 답답함에도 불구하고, 같은 남자로서 어쩔 수 없이 부러움을 느끼게 될 만큼 잘 빠진 몸이다. 호랑이의 허리에 곰의 어깨! 삼국지에 나오는 조자룡이 그렇게 묘사되었다던가? 그만큼 강하고 용맹함을 묘사하는 말일 터인데, 그 묘사를 지금 남자의 몸에다 붙인다고 해도 전혀 과장이 아니다 싶다. 너무 잘생겨서 조각같이 보이는 남자들을 조각 미남이라고 한다면, 이 남자는 그야말로 조각처럼 빚어놓은 가히 명품의 몸매다. 물론 매력적이라는 의미에서의 명품이기보다는, 전사나 투사로서의 강인하고 용맹하다는 의미에서의 명품이다. 다만 그와 같은 이상적인 몸매는 감히 꿈꿀 수 없는, 그저 평범한 몸매를 지닌 자로서 위안이 되는 한 가지가 있긴 하다. 바로 그 남자의 얼굴이 그저 평범하다는 점이다. 다만, 지나치리만치 창백하고, 그로 인해 어떤 표정도 감정도 찾아볼 수 없으며, 또한 그럼으로써 나이마저 짐작해 보기 어렵다는 점에서의 특이함만 뺀다면!

알아서 기어라!

그러고 보면 비록 험상궂을지라도 그나마 표정이 있는 건, 그래도 전광이다. 그는 지금 잔뜩 이마를 찡그리고 있다. 그렇게 지금 자신의 기분이 상당히 좋지 않다는 기색을 노골적으로 내비치며, 또한 노골적인 시선을 김강한에게 주고 있다.

김강한으로서도 불쾌하지 않을 수는 없는 노릇이다. 특히나 전광의 그런 눈빛은 정말 마음에 들지 않는다. 날카로운 위협과 촉발적인 공격성을 굳이 숨기지 않는 노골적인 눈빛 말이다. 그런 눈빛을 받게 되면 누구라도 대개 두 가지 범주의 반응을 보일 수밖에 없을 것이다. 곧바로 주눅이 들어서는 시선을 피하거나, 혹은 즉각 반발하여 마주 기세 싸움을 벌이거나! 물론 김강한은 그 두 가지 범주의 어느 쪽도 아니다. 주눅이 들 만큼의 위협을 느끼지도 않고, 반발하기에는 차라리 번거롭고 성가실 뿐이다. 그리하여 그냥 불쾌할 뿐이다. 그냥저냥 참아 넘길 정도로!

그런데 전광이 김강한에 대해 노골적인 못마땅함을 보이면서도, 감히 더 이상의 행위로 나아가지는 못한다. 그런 것은 역시 김찬이 김강한의 안가 잔류에 대해 암묵적으로 인정을 한 때문일 것이다. 물론 딱히 인정을 했다기보다는, 그저 아무런 언급 자체를 하지 않음으로써 거부나 부정을 하지 않았다는 것이 좀 더 정확하겠지만! 사실 그런 김찬의 태도에 대해서도 김강한은 기분이 좀 상하기도 한다. 지금의 상황에서 보자면 그들이 주인인 격이고, 그는 손님인 셈이다. 좀 이상하긴 하지만, 어쨌거나 그의 입장에서는 그렇다는 것이다. 그런데 주인이 되는 쪽에서 손님에 대해 환영을 해주기는커녕 가타부타 아무런 말조차 없는 것은, 마치,

'알아서 기어라!'

하고 은근히 군기를 잡는 것 같기도 해서다.

뭐, 그렇게 싫다면

김강한이 사뭇 애매하다. 며칠이나 될지는 모르겠으나, 어쨌든 이제부터는 미우나 고우나 함께 지내야 하는 처지이니 인사부터 나누긴 해야 할 텐데, 어느 수준(?)으로 인사를 터야 할지에 대해서다.

쉽게 허리를 숙이기는 또 그렇지 않은가 말이다. 저쪽에서 빡빡하게 나오는 데 대한 반발이 아니라, 허리를 숙일 이유까

지는 없어서다. 그렇지 않은가? 김찬이 꽤나 대단한 위치라는 건 알지만, 그게 그와 무슨 상관이란 말인가? 그가 공적인 신분으로 명령을 받은 것도 아니고, 어디까지나 사적인 입장으로 다만 부탁을 받은 것에 불과한데 말이다.

"조태강입니다!"

김강한이 그 정도로만 말하며 손을 내밀어 김찬에게 악수를 청한 것은, 그러한 애매함 끝의 선택이었다. 아니나 다를까? 전광이 득달같이 쏘아붙인다.

"지금 뭐 하는 짓거리가?"

거침없는 반말에다, 힐난이다. 그런 데는 김강한으로서도 이윽고 버럭 성질이 돋지 않을 수는 없다.

"짓거리? 거 초면에 말하는 꼬라지 한번 지저분하네?"

전광이 설핏 멍한 기색이다. 그러더니 힐끗 김찬을 돌아보는가 싶더니, 다시 찰나간 돌연히 김강한의 얼굴을 향해 주먹을 날린다.

김강한으로서는 미처 예상하지 못했던 공격이다. 비공식적이며 극비이긴 하지만, 어쨌거나 자신들을 보호하기 위해 한국 정부 측에서 배려하여 보낸 사람이다. 그런데 설령 조금 마음에 들지 않는 구석이 있다고 해도 그렇지, 다짜고짜 주먹을 휘두를 거라는 생각까지야 어떻게 해보았겠는가? 도무지 사리에 맞지 않는 노릇이다.

그러나 전광의 기습 일격은 애꿎은 허공을 갈랐을 뿐이다. 외단의 경계에 닿는 기감에 김강한이 반사적으로 반응하며 가볍게 얼굴을 틀어버린 까닭이다.

"이 종간나 새끼……."

전광이 거칠게 내뱉으며, 연이어 속사포처럼 주먹과 발길질을 쏟아낸다. 그러나 김강한이 정면으로 받아치지 않고 슬쩍슬쩍 비켜나고 물러나면서 가볍게 피해 나가는 데는, 전광이 일방적이고도 폭발적인 공세를 퍼부으면서도 막상 김강한을 어떻게 하지는 못한다.

김강한이 멀리 물러나지도 않고 그 자리를 빙빙 맴돌다시피 하면서, 귀에서 연기가 날 정도로 격분하여 죽일 듯이 쫓아다니는 전광을 사뭇 여유롭게 따돌리고 있다. 그런 두 사람의 모습에서 처음의 긴박감은 이미 사라지고 없다. 마치 장난을 치는 것처럼 싱거운 감마저 드는데, 그러던 중이다. 김강한이 뒤로 쭉 미끄러져 나가면서 간격을 벌려놓는다. 그러자 전광도 제풀에 지쳤는지, 김강한을 더는 쫓아가지 않고 그 자리에 멈춰 선다.

"거, 참! 고약하네! 아는 낯에 부탁을 하기에 마지못해 왔더니, 이건 뭐 대뜸 욕질에다 주먹질이라니……? 아니, 뭐 이런 경우가 다 있어?"

김강한이 짐짓 불만을 토로한다. 물론 전광이 아닌 김찬을 향해서다. 개가 사람을 물려고 날뛰면 개의 주인을 뭐라고 해야지, 말 안 통하는 개한테 뭐라고 하겠는가? 이어 김강한이 손을 터는 시늉으로,

"뭐, 그렇게 싫다면 난 갈 테니, 잘들 계시오!"

하고는, 곧장 현관을 향해 성큼성큼 걸어간다.

용서하시라요!

"잠깐만! 조 선생!"

김찬이 묵직한 소리로 부른 것은, 김강한이 막 현관의 문을 열고 밖으로 나설 때이다. '조 선생!'이라는 호칭이 설핏 낯설다. 그러나 지금 이 자리에서 그렇게 불릴 사람이 그 말고는 또 없을 터다. 김강한이 짐짓 못 이기는 체 돌아선다. 김찬이 희미하게 웃음기를 떠올리며 말을 잇는다.

"나는 김찬이오! 본명은 아니지만, 사정상 지금은 이 이름을 쓰고 있소! 그런데 그쪽은 청와대에서 일하는 그 조태강 선생이 맞소?"

제법 익숙한 표준 말씨다. 서울 말씨는 아니더라도! 김강한이 가볍게 웃으며 받는다.

"아마도 제가 그 조태강인 건 맞는 것 같습니다! 그러나 지금은 그냥 할 일 없이 놀고먹는 백수일 뿐입니다! 청와대 일은

영 적성에도 안 맞고 해서 진즉에 때려치웠으니까요!"

"그래요?"

조금은 뜻밖이라는 듯이 들리지만, 정작 김찬의 얼굴 표정은 별 변화가 없다. 그가 다시 묻는다.

"몇 가지만 물어봐도 되겠소?"

무례한 투는 아니기에, 김강한이 순순히 고개를 끄덕인다.

"방금 조 선생이 말하기를, 누구의 부탁을 받고 여기에 왔다고 했는데, 그게 누구의 부탁이었는지 알 수 있겠소?"

"아까 여기 왔던 박 수석입니다!"

"그렇군요! 그럼 부탁받은 내용에 대해서도 좀 말해줄 수 있겠소?"

"그냥… 뭐! 한 며칠간만 함께 지내달라고……!"

"우리와 함께 말이오?"

"예!"

"음! 그럼 조 선생은 내가 어떤 사람인지, 또 여기 서울에 왜 왔는지에 대해서도 알고 있겠군요?"

조 선생이란 호칭이 여전히 어색하다. 그러나 저쪽에서 그렇게 부르겠다는 데야, 굳이 토를 달 필요까지는 없는 것이리라! 어쨌거나 제법 대우를 해주는 호칭인데 말이다.

"뭐, 대강은……! 그러나 자세히는 모릅니다!"

"자세히는 모른다?"

김찬의 표정에 설핏 의아함이 서리는 것을, 김강한이 애매한 웃음기로 받는다.

"박 수석과의 친분 때문에 어쩔 수 없이 부탁을 받아들이긴 했지만, 기왕 공직에서 물러난 처지에 이런 종류의 일과 깊게 결부될수록 좋을 건 조금도 없을 노릇 아니겠습니까? 그러니 딱 부탁받은 데까지만 하면 되지, 굳이 자세한 사정을 알 필요까지는 없을 테지요! 하긴 뭐, 막상 와서 보니까 한눈에 보기에도 대단한 일행들이 곁을 지키고 있는데, 나 같은 사람이 굳이 소용될 일도 없는 것 같기는 합니다만……!"

김찬의 얼굴에 처음으로 담담한 웃음기가 번진다.

"아니오! 조 선생이야말로 대단한 분이라고 들었소! 그래서 우리가 사전에 서울 쪽 라인을 통해서 특별히 부탁을 넣은 것이기도 하고요!"

"예? 그게 무슨……?"

김강한이 짐짓 의아함을 표시해 보인다. 그러자 김찬이 문득 정색으로 되며 화제를 돌린다.

"의도한 바는 아니지만, 어쨌거나 실례를 범했소! 그러나 서로 모르고 벌어진 상황이니, 아무쪼록 조 선생께서 넓은 아량으로 양해해 주시기를 바라오! 그리고 우리가 서울에 머무는 동안 잘 부탁드리겠소!"

김찬이 갑자기 정중하다. 여전히 일방통행이기는 하지만!

"아니, 뭐……!"

김강한이 겸양이랄지, 혹은 한 번쯤 더 가볍게 튕겨보는 시늉을 하며 슬쩍 옆으로 시선을 돌려본다. 아니나 다를까? 전광이 험악한 얼굴로 노려보고 있다. 김강한이 짐짓 어깨를 으쓱해 보일 수밖에! 그때다. 김찬이 전광을 돌아보며 나직한 한마디를 뱉는다.

"사과드리라!"

그 담담한 한마디에, 전광이 반사작용이라도 되는 듯이 즉각 김강한을 향해 고개를 숙인다.

"용서하시라요!"

속마음이야 어떻든 전광이 그처럼 깍듯하게 돌변한 데 대해서야……! 김강한이 더는 배짱을 튕기기 어려운 노릇이다.

종간나

못 이기는 체 다시 거실로 돌아온 김강한이 슬쩍 전광의 옆으로 다가선다. 그리고 아무 일도 없었다는 듯이, 혹은 그새 약간의 친숙함이라도 생겼다는 듯이 태연스레 묻는다.

"근데… 궁금한 게 있어서 그러는데, 한 가지만 좀 물어봅시다!"

힐끗 마주쳐 오는 전광의 시선이 날카롭다. 그러나 자의가

아니었다고 해도, 어쨌거나 방금 사과를 한 처지여서 그렇겠지만,

"물어보시오!"

하고 무뚝뚝하니 말을 받는다.

"이 종간나……!"

전광이 한 말이 아니다. 김강한이 문득 정색을 하며 불쑥 내뱉은 말이다. 순간 전광의 얼굴이 얼음처럼 딱딱하게 굳어지고 마는데,

"이게 도대체 무슨 뜻이오? 영화 같은 데서 보면 북한 사람들이 자주 쓰던데……?"

김강한이 싱긋 웃으며 덧붙인다. 그러자 전광의 얼굴이 이윽고는 벌겋게 달아오르고 만다.

어떤 극적인 변신의 느낌

"풋!"

참다못해 내뱉는 듯한 웃음소리의 주인공은 예의 그 일남일녀 중의 여자다. 김강한의 시선이 그쪽으로 향할 수밖에 없는데, 여자가 웃음기를 머금은 채로 까딱 고개를 숙여 보인다.

"전, 유미예요!"

짧지만 선명하게 들리는 한국말이다. 뜻밖이다. 당연히 중국인으로 생각하고 있었는데 말이다.

"조선족… 입니까?"

"아뇨! 한족이에요! 유미라는 이름은, 한자를 그대로 한국식으로 발음한 것이고요!"

제법 유창하다. 주의해서 듣지 않으면 특별히 어색한 점을 느끼지 못할 정도로! 중국 국가 안전부 소속의 특수 요원일 거라더니, 언어 능력부터 대단하다 싶다.

"이쪽은 룽이에요!"

유미가 남자를 소개한다. 답답한 옷차림임에도 명품 몸매를 지닌 그 남자 말이다. 남자는 유미가 자신을 소개하는데도 그냥 묵묵히만 있다. 어쨌든 이번에는 제대로 중국식 발음의 이름 같다.

"그리고 이쪽은……."

유미가 다시 전광을 소개하려 할 때다.

"난 이름 교환하고 싶지 않소!"

전광이 지레 차갑게 거부하고 나선다. 그래도 유미가 웃음기를 지우지 않으며 전광에게 말을 건넨다.

"당분간 함께 지내게 되었는데, 서로를 부를 호칭은 있어야 하지 않겠어요?"

그 말에는 전광이 잔뜩 인상을 써대며, 마지못한 듯이 무뚝

뚝한 대꾸를 낸다.

"제이라고 부르시오!"

김강한이 가볍게 실소하며 받는다.

"제이……? 영어로 J? 그거 예전에 꽤 유명했던 노래 제목인데……?"

물론 농담이라고 한 말이다. 그러나 전광의 반응이 시큰둥하기만 한 데 대해, 김강한이 내친김에 노래의 한 소절을 흥얼거린다.

김강한의 능청이 이윽고는 전광의 신경을 건드리고 만 모양이다. 그의 눈빛에 '번뜩!' 하고 매서움이 맺힌다. 그때다.

"그거 혹시… J가 아니라, J에게라는 노래 아니에요?"

유미다. 유미가 그렇게 말하니 김강한도 어느 쪽이 정확한 제목인지 당장에는 확신이 서지 않는데, 유미가 다시 방금 김강한이 흥얼거린 노래의 이어지는 한 소절을 가볍게 흥얼거리고는, 쌩끗 미소를 피워 올린다. 물론 전광과의 충돌을 중재하려는 노력일 것이다. 그러나 유미의 그런 노력에서, 특히나 그 '쌩끗!'의 미소에서 김강한은 설핏 어떤 극적인 변신의 느낌마저 받는다. 처음 그녀의 차가움 내지 냉염함에서는 그야말로 특수 요원다운 포스가 풍겼다면, 지금의 상냥함과 미소에서는 전혀 새로운 면모의 청순함이 풍긴다고 할까?

"어쨌거나 이니셜로 부르면 나도 J가 되는데……? J가 둘이면

헷갈릴 수 있으니, 그럼 난 티케이(TK)로 합시다! 어때요? TK!"

김강한의 그 말은, 물론 유미에게 묻는 것이다.

"좋아요! TK! 호호호!"

유미가 이번에는 또 화사한 느낌의 밝은 웃음소리를 공간 가득히 퍼뜨린다.

독차지

김찬이 피곤하다며 먼저 숙소로 들어간다. 그의 숙소는 지하의 벙커다. 비밀번호로 잠금을 해제하거나 내부에서 스스로 문을 열지 않는 한에는 외부에서 웬만한 급의 폭탄을 터뜨려도 파괴되지 않는, 가장 안전한 곳이라고 하겠다.

벙커의 문이 닫힌 후, 전광은 1층 거실에서 소파 한 짝을 벙커 앞으로 끌어 간다. 아예 벙커 앞에서 잠을 잘 태세다. 그럴 필요까지는 없다고 하겠지만, 굳이 말리는 사람은 없다.

안가의 본채에는 지하의 벙커 외에, 1층과 2층에 각각 독립적이고도 충분한 규모의 생활공간이 마련되어 있다. 김강한은 유미에게 먼저 선택권을 줄 마음이다. 홍일점인 만큼 1층이나 2층 전체를 혼자서 쓰게 해도 괜찮을 것이다.

그러나 그의 그런 배려는 필요하지 않게 되었다. 유미와 룽이 당연한 듯이 1층의 방 하나씩을 각각 차지한 때문이다. 하긴 그들로서는 김찬을 경호해야 한다는 부담에서 완전히 자유로울 수는 없을 터다. 아무리 벙커가 안전하다고 해도, 거기에 더하여 전광이 그 앞을 지키고 있다고 해도 말이다.

1층에 방 두 개가 더 남지만, 김강한은 2층으로 올라간다. 2층은 온전히 그의 독차지다.

한번 까보라우!

김강한은 설핏 잠에서 깬다. 지난밤 거실의 안락한 소파에서 밤늦게까지 IPTV의 무료 영화를 섭렵하다가 새벽녘에야 잠이 들었었다. 벽에 걸린 시계를 보니 아직은 좀 이른 시간이다. 좀 더 자도 좋을 것인데, 발코니 바깥에서 들려오는 소음 때문에 잠에서 깬 것이다. 가만히 들어보니 소음은 사람이 내는 소리다. 거친 숨소리와, 나직한 기합 소리 같은!

어쨌든 김강한이 더 이상 누워 있을 마음은 들지 않아서 발코니로 가 유리문을 열고 밖을 내려다보니, 바로 아래쪽의 정원에 누군가 있다. 전광이다. 그가 혼자서 몸을 움직이고 있는데, 웃통을 벗어젖힌 모양새가 아침 운동이라도 하는 모양이다. 그리고 아마도 제 딴에는 다른 사람들의 눈을 피한다고 그쪽으로 자리를 잡은 것 같은데, 1층에서 보자면 측면으로 돌아 나온 구석이겠으나 2층에서는 거실 발코니 바로 아래

쪽이다.

김강한이 잠시 지켜보고 있자니 전광의 벗은 상체가 사뭇 대단하다. 잘 단련된 근육도 근육이지만, 상체의 앞뒷면을 온통 뒤덮다시피 한 크고 작은 흉터들이 사뭇 위압적인 느낌을 풍기는 데가 있다. 혹독한 훈련과 험악한 상황들을 숱하게 겪었음을 보여주는 것이리라!

그때다. 자신을 보고 있는 시선을 느꼈던지 전광이 힐끗 위를 쳐다본다. 그리고 김강한을 발견하고는 가볍게 손짓을 하는데, 아래로 내려오라는 의미 같다. 김강한이 내키지는 않지만, 오라는데 굳이 못 가겠다고 하기도 그래서 추리닝 윗도리를 걸치고 1층으로 내려간다.

1층은 아무도 보이지 않는 가운데 주방 쪽에 기척이 있다. 그러나 김강한은 아는 체를 하지 않고 곧장 현관문을 열고 밖으로 나간다. 본채 건물을 조금 돌아서 가자 전광이 서 있다.

"한번 까보라우!"

대뜸 던지는 말에 김강한이 의아한데, 전광이 피식 실소하며 덧붙인다.

"사내들끼리 서로 웃통 깐 모습도 보여주고 해야디 믿음도 생기고 하는 것 아니갔어?"

"믿음? 우리 사이에 뭐, 그런 것까지나 필요할까?"

김강한이 시큰둥하게 받는다. 슬쩍 기분이 상해서다. 전광의 말이 의미하는 바는 나중의 문제고, 우선 대놓고 하는 반말지거리에 대해서다. 그런데 그것이 미처 생각지 못한 반박이었던지 전광의 얼굴이 대번에 벌겋게 달아오르며 김강한을 노려본다. 그러나 김강한이 짐짓 무시해 버리고는 기왕의 기분풀이를 내처 해버린다.

"기왕 말이 나온 김에, 충고 한마디 할게! 당신 말이야, 여기 서울에 있는 동안에는 아무한테나 함부로 눈에 힘주고 그러지 말아! 바로 지금 그런 눈빛 말이야! 당신네들 사는 동네에서는 어떤지 모르겠는데, 여긴 서울이야! 서울에서는 그런 꼴 보고 곱게 넘어가지 못하는 사람들이 드물지 않게 있거든!"

그 순간이다.

"이런… 종간나……."

씹어뱉는 외침과 함께,

팟~!

전광의 주먹이 허공을 가른다. 코끝을 스칠 듯이 지나가는 주먹에서 매서운 바람이 느껴질 만큼 맹렬하다. 김강한이 반사적으로 두 눈을 깜빡이고 말지만, 그러나 굳이 피하지는 않는다. 전광의 주먹이 잇달아서 허공을 가른다.

쉭~!

쉭~!

역시나 김강한의 얼굴에 닿을 듯이 스쳐 지나가는 궤적들이다. 그러나 김강한이 이제는 눈도 깜빡이지 않은 채로, 그저 무심하게 지켜보고만 있다.

"야~!"

"이야~!"

이윽고 전광에게서는 기합인지 고함인지 모를 외침들이 터져 나온다. 그리고,

휙~!

팩~!

붕~!

붕~!

주먹에다 발길질까지 더해서 한바탕 격렬한 몸짓들이 이어진다. 그러던 한순간이다. 전광이 문득 몸놀림을 멈추더니,

"이… 썅~!"

하는 소리를 뱉고는 쌩하니 가버린다.

김강한이 슬며시 미소를 떠올린다. 전광에 대해서는 아니다. 저쪽 본채 건물 모퉁이에 아까부터 나와서 지켜보고 있더

니, 그와 눈이 마주치자 쌩긋 미소를 떠올리고 있는 유미를 향해서다.

“식사하세요~!”

그녀의 목소리가 상냥하다. 상쾌한 아침 공기처럼!

제12장

—

연동(聯動)

싫증

지난 며칠간 내내 김강한은 한가로움을 만끽하고 있는 중이다. 그동안에 안가 밖으로는 한 발짝도 나가지 않았다.

그러나 이제쯤에는 슬슬 지겨워지기도 한다. TV나 보면서 시간을 죽이는 것도 이제는 한계인 것 같다. IPTV도 무료 영화 중에서는 더 이상 볼만한 것을 찾기가 어렵다. 유료 영화를 보기 위한 결제 비밀번호는 찾았다.

[0, 0, 0, 0]

그렇게 해놓은 건, 맘대로 보라는 것인가? 그렇더라도 괜히 껄끄러운 마음이 들어서 유료 영화는 한 편도 보지 않았다. 먹는 것도 그렇다. 안가로는 매 식마다 요리가 배달된다. 매번 다른 메뉴에다 호텔식에 준하는 고급의 요리들이지만, 그것도 하루 이틀이지 이제쯤에는 그렇게 맛있다는 느낌이 들지 않는다. 무엇이 계속 그렇게 못마땅한지 틈만 나면 노려보고 적대감을 풀풀 날려대는 전광마저도 이제는 익숙하다. 별다른 느낌도 없고, 그저 무덤덤하기만 하다. 지겹고 지루하고 싫증난다.

지루한 안가의 분위기에 그나마 약간의 활기가 돌 때는 외부에서 손님이 올 때다. 한 번에 두세 명씩 주로 밤 시간대에 오는 손님들은, 전일 박광천 수석과 함께 왔던 예의 그 수행요원과 동행해서 오는데, 짧게는 한 시간 길게는 서너 시간씩 벙커에서 김찬과 면담을 나누고는 돌아간다.

특별히 들인 공이 있는 건 아니지만

오늘은 아침부터 분위기가 좀 다르다 싶더니, 갑작스레 김찬이 외출을 하겠단다. 서울 시민들의 평범한 일상에 섞여 들어가서 그들이 하는 얘기들도 들어보고, 주점 같은 곳에 가서 술도 한잔하고 싶다며, 김강한에게 안내를 부탁한다.

'좋지 않은데?'

김강한의 느낌은 그렇다. 딱히 좋지 않다기보다는, 성가시고 번거롭다는 쪽이 보다 정확하겠지만!

돌아가는 상황에서 대충 짐작을 해보건대는, 김찬 일행의 서울 체류는 이제쯤 거의 막바지인 것 같다. 애초에 박광천 수석으로부터도 며칠쯤으로 들었거니와, 어제저녁부터는 안가를 찾는 손님도 끊겨서 김찬이 만날 사람들도 거의 다 만난 것 같은 분위기이니 말이다. 그래서 김강한이, 하루 이틀쯤만 더 버티면 상황이 끝나겠구나, 혹은 더 길어질 것 같으면,

'난 이제 할 만큼 했다!'

선언을 하고 안가를 나서더라도, 박광천 수석 쪽에서 다른 말을 하지는 못하리라 하는 계산을 하고 있던 중이다.

그런 참에 갑자기 안가를 벗어나 외출을 하겠다니? 더욱이 서울 거리를 활보할 수 있는 처지들도 아닌 터에, 대책 없이 서울 시민들 속으로 들어가 보겠다니? 그랬다가 무슨 문제라도 생기면? 며칠 동안 들였던 공이 한순간에 날아가 버릴 것이 아닌가? 비록 그가 특별히 들인 공이 있는 건 아니지만 말이다.

그러나 김찬이 굳이 그렇게 하겠다는 데는 어쩔 수 없는 노릇이다. 김찬에 대해서 그가 이렇다 저렇다 토를 달 수 있는 입장은 또 아니니까 말이다.

약간의 의역

점심을 먹고 안가를 나선 일행은 서울의 주요 명소라고 알려진 몇 군데와 대학가를 둘러본다.

김찬은 자신이 한 말에 비교적 충실한 모습이다. 시민들 속에 섞여 들어가서 함께 걸어도 보고, 기념품도 사고, 길거리공연도 보고, 소극장에서 연극도 본다. 그런 중에 그럭저럭 저녁때가 다 되어갈 즈음인데.

"어디 가서 편하게 식사 겸해서 술이나 한잔합시다!"

김찬의 그 말에 대해서는 김강한이, 약간의 의역을 해보지 않을 수 없다.

그가 안내하는 입장에서 쭉 지켜본 바에 의하면, 김찬은 진작부터 지루해하는 기색을 드러내고 있는 중이었다. 하긴 김찬 같은 사람이야 그 태생부터가 '럭셔리'니 '디럭스' 같은 말과 어울리지 않겠는가? 그러니 보통 사람들이 살아가는 모습에서야 잠깐은 몰라도 오래는 흥미나 재미를 느끼지 못할 것이다. 또한 그리하여 지금까지 걷고, 사고, 본 것들만으로도 서울 시민들의 평범한 일상을 충분히 경험했다고 자족할 수도 있겠다. '편하게 식사 겸해서 술 한잔하자!'고 한 김찬의 말이, 지금까지와는 반대의 고급스러움, 혹은 적어도 평범함보다는 한두 단계라도 더 높은 수준을 전제하는 말이겠다는 의역은, 그런 맥락에서다. 그나저나 김찬의 갑작스러운 요구에 대해 김강한이,

"여기로 갑시다!"

하고 단번에 구미를 맞출 만한 곳이 당장에는 떠오르지가 않는데, 그때다.

"멀리 갈 것 없이……! 저기 건너편에 스시 간판이 보이는 곳! 저기로 갑시다!"

김찬이 건너편 빌딩의 꼭대기쯤을 가리키는데, 초저녁부터 화려한 조명으로 번쩍이는 대형의 간판이 하나 보인다.

[이타마에]

한글과 한자가 병기되어 있는데, 무슨 뜻인지는 모르겠다. 어쨌든 간판 한쪽에 스시라는 글자도 있는 것으로 보아, 스시집인 건 맞는 모양이다.

'뭐, 나쁘지는 않겠다!'

김강한도 간단히 그런 생각이다. 빌딩의 외양도 번듯해 보이고, 또 꼭대기 층이면 서울의 야경을 온전히 누릴 수 있다는 메리트만으로도 제법 고급에 속하는 음식점일 테니, 크게 번잡스럽지도 않을 것이다. 가격까지 굳이 따질 필요는 없으리라! 어차피 그가 계산을 할 것도 아닌데 말이다.

일방통행

스시집, 이타마에는 입구부터 꽤나 화려한 풍이다. 가게의 문을 열고 실내로 들어서자, 널찍하고 청결한 내부 공간과 잘 정돈된 장식들이 쾌적한 분위기를 만들고 있다. 다만 조용한 것이 손님은 별로 없는 것 같다. '제법 고급에 속하는 음식점일 테니 크게 번잡스럽지 않을 것이다!'라고 김강한이 미리 예상해 본 대로다.

가게 초입의 카운터가 비어 있어서 안내할 사람이 오기를 기다리는 중인데, 김찬이 카운터 뒤쪽의 장식장에 전시된 술병들을 유심히 본다. 김강한이 슬쩍 관심이 가기에 또한 살펴보니, 대개는 일본 술들인 것 같다. 그로서는 아는 게 하나도 없다. 그때다. 하얀 와이셔츠에 나비넥타이를 멘 중년 남자 하나가 카운터로 나온다. 그는 가슴팍에 명찰을 달았는데

[점장(店長)]

이라고, 김강한으로서는 익숙지 않은 직함이 새겨져 있다. 어쨌든 점장은 일행을 보더니 간단한 인사와 함께 묻는다.

"예약을 하셨습니까?"

"아닙니다!"

김강한의 대답에 점장은 대뜸 곤란하다는 표정으로 된다.

"죄송합니다만, 예약이 안 되어 있으시면 오늘은 좀……! 갑

자기 단체 손님들이 오시는 바람에……! 죄송합니다!"

손님을 받을 수 없다는 얘기일 터인데, 죄송하다는 말을 잇달아 하는 데서는 김강한이 간단히 포기를 한다. 다른 곳으로 가는 수밖에! 그런데 그때다.

"저 술, 판매하는 거 맞소?"

김찬이다. 그가 전시된 술병들 중의 하나를 가리키며 점장에게 묻는 말이다. 당장 돌아 나가야 하는 상황에서는 뜬금없는 질문일 수 있겠으나, 그래도 점장이 친절하게 대응을 해준다.

"어느 것을 말씀하시는지……?"

"하쿠넨노코도쿠 말이오!"

"아……! 그건……! 지금 재고로 있는 건 없습니다!"

"그럼, 저건 빈 병이오?"

"아닙니다! 그렇지만 전시해 놓은 거라… 팔지는 않습니다!"

"우리한테 주시오! 돈은 두 배로 주겠소!"

김찬이 지시라도 하듯이 뱉고는, 점장의 대답도 듣지 않고서 안쪽을 향해 성큼성큼 걸어가 버린다. 가히 막무가내에 일방통행이다.

"아니……! 저기… 손님~!"

점장이 당황하며 재빨리 김찬의 뒤를 좇아가는데, 김찬은 벌써 가까운 곳에 있는 룸 한 곳의 방문을 열고는 내부를 살펴보고 있는 중이다. 그러더니,

"우린 이 방에서 먹겠소!"

하곤 곧장 신발을 벗고 룸 안으로 들어가 버린다. 그런 데는 당황을 넘어 어이없다는 표정이 되고 만 점장이, 절레절레 고개를 가로젓는다.

반갑지 않은 상황

"손님! 오늘은 저희가 사정이 있어서, 도저히 모실 형편이 못 돼서 그럽니다! 부탁드리겠습니다! 정말 죄송하지만, 오늘은 그냥 가시고 다음에 꼭 다시 와주십시오! 그때는 정말 잘 모시겠습니다! 약속드리겠습니다! 다시 한번 부탁드리겠습니다!"

뒤좇아온 김강한에게 건네는 점장의 말은, 완곡하다 못해 사정하는 투로까지 들린다. 그런 데는 김강한으로서도 설핏 의문이 생기지 않을 수 없는 노릇이어서,

"사정이 있다고 하셨는데, 혹시… 무슨 일입니까?"

하고 넌지시 물어본다. 그러자 점장이 힐끗 가게의 안쪽으로 시선을 주며,

"그게……!"

하고 입을 떼려다가는 쉽게 뒷말을 잇지 못한다. 몹시도 조심스러워하는 모습이다.

점장의 시선이 향한 곳은 길게 통로를 이룬 가게의 가장 안

쪽쯤이다. 그곳의 한 룸 앞에 건장한 사내 둘이 서 있는데, 꼿꼿한 자세의 그 둘은 마치 보초를 서는 군인처럼도 보인다. 그리고 그들이 지켜 선 룸의 쪽마루 아래에는 수십 켤레의 구두가 가지런히 정리되어 있다. 그리고,

"손님들을 위해서 드리는 말씀입니다!"

더욱 낮아져 속삭이듯이 하는 점장의 말에서는, 비로소 무슨 상황인지 대강의 감이 온다. 아마도 '어깨쯤'되는 자들이 단체 회식이라도 하는 모양이다. 그러니 점장의 입장에선 감히 다른 손님을 받지 못하는 것이리라! 어깨들이 그런 압력을 가했을 수도 있겠고, 혹은 그렇지 않더라도 괜히 다른 손님을 받았다가 어깨들과 시비라도 생기면, 손님은 손님대로 봉변을 당할 것이고, 또 가게는 가게대로 평판에 크게 문제가 생길 것이니 말이다.

물론 김강한으로서도 결코 반갑지 않은 상황이다. 그러나 김찬은 벌써 자신이 직접 선택한 룸에 떡하니 자리를 잡고 앉아서는, 나머지 일행들에게 들어오라고 손짓을 하는 중이다.

니들이 굳이 하겠다고 우긴 거니까

김강한이 김찬에게 대강의 상황과, 또 점장의 곤란한 처지를 빠르게 설명한다. 그리고 점장에게 가까운 곳에 있는 다른

스시 가게를 소개받았으니, 그리로 자리를 옮기자고 권한다. 그러나 그의 설명과 권유에 대해 김찬이 가볍게 인상을 쓴 채로 듣고 있더니, 말끝에 덤덤한 투로 뱉는다.

"그 단체 손님들 때문이라면, 우리는 상관없다고 하세요! 그리고 아까 그 술부터 먼저 좀 가져오라고 하고!"

그런 데는 김강한이,

'이런, 씨……!'

하고 솟구치는 심정으로 된다. 사람 말을 콧구멍으로 듣는 건지 도대체가 말이 통하지 않는 것도 있지만, 그 전에 김찬의 말이 숫제 명령조로 들리는 데 대해서다. 그런데 그의 솟구치는 심정이 겉으로까지 드러났던가? 뒤통수에 따가운 시선이 느껴져서 돌아보니, 룸 바깥에서 전광이 그를 노려보고 있다. 번들거리는 그자의 눈빛이 여차하면 곧장 달려 들어와서 주먹을 날릴 듯이 험악하다. 전광의 옆에 선 유미도 가만히 고개를 가로저어 보인다. 역시나 김찬이 일단 말을 뱉은 이상, 누구도 그 뜻을 거스르거나 바꿀 수 없다는 뜻인 듯하다. 김강한이 이윽고는 짜증이 치솟고 만다. 또 그런 한편으로는,

'나도 모르겠다! 니들 마음대로 해봐라! 다만 난 분명히 말렸다? 그런데도 니들이 굳이 하겠다고 우긴 거니까, 무슨 일이 생겨도 니들이 책임져라?'

하는 정도의 체념과,

'하긴 뭐, 그냥 조용히 먹고 나가면 무슨 일이 생길 것도 아닌데, 지레 걱정부터 할 필요가 있겠나?'

하는 스스로의 합리화도 함께 가져본다.

룽과 유미가 룸으로 들어선다. 그런데 전광은 밖에 있겠단다. 보초를 설 요량인가 본데, 김강한으로서는 더욱이 걱정이 되지 않을 수 없는 노릇이다. 언제 터질지 모르는 폭탄 같은 인사를 바깥에 세워두었다간, 정말로 무슨 일이 생길지 장담을 하기 어려운 노릇이니 말이다. 그런데 그런 전광을 향해 김찬이 가볍게 말을 던진다.

"당신도 들어와! 다 함께 한잔하자고!"

그나마 다행스러운 노릇이다.

특권, 혹은 특권의식

참치회에 된장국을 필두로 샐러드, 연두부, 소바, 장어구이, 초밥 등등이 줄을 이어서 나오는데, 기대만큼 고급스럽고 맛깔스럽다. 그런 중에서 김강한의 눈길을 가장 강하게 잡아끄는 것은 역시 술이다. 아까 김찬이 지목한, 하쿠 뭐라고 했던!

술병은 누런 포장지에 싸여 있는데, 뚜껑에는 코르크 라벨이 붙어 있어서 마치 위스키 같은 분위기가 난다. 그리고 얼핏 촌스러워 보이기도 하는 그 누런 종이에는 한자와 일본어, 그리고 영어로 된 글자들이 잔뜩 적혀 있다. 김강한으로서야 무슨 내용인지 해석할 실력은 안 되는 것인데, 다만 '40%'와 '720ml'라는 부분은 알아보겠다.

'우선 40%면 40도?'

꽤나 독한 편이다. 소주가 보통 17도에서 18도 사이니, 40도면 두 배 넘게 독하다는 얘기다. 김강한이 싫을 이유는 없다. 기왕에 마실 거면 독할수록 반갑다.

'그리고 720ml!'

소주 한 병에 360ml니, 역시 두 배다. 잔 수로 치면 소주가 일곱 잔 반이 나오니, 열다섯 잔은 나온다는 얘기다. 이건 조금 불만이다.

한 병밖에 없다니, 더 시킬 수도 없는데 말이다. 유미가 술병의 누런 포장지를 벗겨내고, 뚜껑을 개봉한다.

"난 언더락으로! 그리고 조 선생은 스트레이트가 좋을 거요!"

김찬이 불쑥 뱉는다. 그런 데 대해서는 김강한이 다시금,

'이런, 씨……!'

하고 솟구친다. 물론 속으로다. 어쨌거나, 아는 체를 하는 거야 지 마음이겠지만, 왜 자꾸 남의 일까지 지 마음대로 정해 버리느냐 말이다. 그러나 굳이 밖으로 표시를 낼 것까진

아니다. 어차피 공짜로 마시는 술이니 말이다.

유미가 언더락 잔에다 얼음을 넣는다. 그리고 스푼으로 얼음을 저은 뒤, 얼음이 녹은 물을 일차 따라낸다. 그런 다음에 그 위에다 천천히 술을 붓는데, 꽤나 익숙한 모습이다. 지켜보고 있던 김찬이 고개를 끄덕거린다. 유미가 제대로 된 절차(?)를 수행하고 있는 것이고, 그것에 대해 만족스럽다는 것이리라!

김찬에게 언더락 잔을 건넨 유미가 이번에는 백자로 된 작은 잔에다 술을 따른다. 그러곤 김강한의 앞으로 잔을 밀어놓는다. 그런 데서는 김강한이 왠지 상대적으로 홀대를 받는 느낌이 들기도 한다. 절차고 뭐고 필요 없이 그냥 단순히 잔을 채웠다는 점에서! 그러나 새하얀 잔 속에서 찰랑거리는 호박색의 액체는 금세 그의 마음을 빼앗는 데가 있다.

김찬이 유미에게 룽과 전광 쪽을 눈짓한다. 그들에게도 한 잔씩 따르라는 뜻일 터다. 유미가 조신하게 그들 두 사람에게도 한 잔씩을 따르고, 마지막으로 자신의 잔도 채운다.

"자! 한잔합시다!"

김찬이 잔을 들어 보인다. 그 혼자만 언더락 잔이고, 다른 네 사람은 모두 스트레이트의 백자 잔이다. 그런 데서 김강한은 하나의 특권, 혹은 특권의식을 보는 듯하다. 지금 김찬이 지극히 당연한 듯이 누리고 있는!

잔을 들자 은은한 향이 코끝으로 스며든다. 역시 소주보다는 위스키에 가까운 향이다. 한 모금을 입안에 머금자 40도의 독주임에도 단맛이 느껴진다. 곡류의 고소함이 입안 가득히 퍼진다고 할까? 그런 향과 풍미에 감질이 나서라도, 김강한이 홀짝 잔을 비워 버린다.

그런데 흘깃 주변을 돌아보니, 단번에 잔을 비워 버린 사람은 그 혼자다. 김찬은 언더락 잔이니 그렇다고 해도, 룽이나 유미, 그리고 전광의 잔도 술이 거의 줄지 않았다. 그냥 입술만 축인 듯하다. 전광이 설핏 시선을 마주쳐 온다. 그러더니 곧장 못마땅하다는 눈빛으로 된다. 김강한이 쓰게 웃으며 시선을 피할 때다.

"하하하! 술이 우리 조 선생의 입맛에 맞는 모양이오? 한 잔 더 하시오!"

유미가 얼른 김강한의 잔을 채운다. 그가 기분 같아서는 곧장 다시 홀짝 비우고 싶지만, 아무래도 초장부터 혼자서 달릴 분위기는 아니다. 반만 베어 마신 그가, 아쉽게 잔을 내려놓는다. 보고 있던 김찬이 빙긋이 미소를 떠올리며 참치회 한 점을 집어 든다. 김강한이 또한 별생각 없이 참치회 한 점을 집어 들 때다. 설핏 보니 여전히 그에게로 향해 있던 전광의 눈빛이 다시금 날카로워진다.

'이런, 씨……! 안주도 맘대로 못 먹냐?'

그런 심정에서라도 김강한이 일부러 보란 듯이 겨자 소스를 듬뿍 찍어서 입속으로 넣는다.

'윽……!'

맵다. 겨자를 너무 많이 찍었나 보다. 눈물이 핑 돈다.

'이런, 씨……!'

애꿎은 원망이 생긴다. 당연히 전광 쪽이다. 그가 눈물이 그렁그렁한 눈으로 지그시 째려보자, 전광의 험악한 눈빛이 곧장 맞받아쳐 온다.

힐끔거림

"건배~!"

"위하여~!"

바깥에서 건배를 외치는 소리가 들린다. 단체 손님들 방이리라! 그러나 소란스러운 정도는 아니고, 오히려 술자리 분위기답지 않게 절제된 느낌마저 있다.

서빙하는 여종업원이 룸을 드나들 때 방문이 여닫히는 틈으로, 룸 앞을 오가는 검은색 정장 차림의 사내들이 보이기도 한다. 화장실을 다녀오거나 담배라도 피러 나오는 것이리라!

이미 그런 줄 짐작하고 있는 때문이기도 하겠지만, 사내들에게서는 한눈에도 딱 어깨들이다 싶은 분위기가 풍긴다.

그리고 사내들 중에서는 김강한 등이 들어 있는 룸 안쪽을 힐끔거리는 치들도 있다. 그 잠깐의 힐끔거림에서 사내들의 눈이 거의 예외 없이 머무는 곳은 유미에게다. 역시나 사뭇 돋보이는 그녀의 미모 때문이리라! 이어 안쪽의 상석에 앉은 김찬에게 호기심을 표하는 시선도 있다. 얼핏 보기에 별 특별하달 것도 없는 평퍼짐한 살집의 비만한 체구를 지닌 사십 대 중후반쯤의 남자가, 눈을 잡아끌 정도의 대단한 미모를 지닌 젊은 여자와 동석을 하고 있는 내막에 대한 궁금증 같은 것에서일까?

혼자 생각으로 해보는 상상

룸 바깥에서 사내들의 시선이 김찬에게로 향할 때마다 여지없이 전광의 눈빛이 매섭게 견제를 들어간다. 그러나 정작 김찬 본인은 별 신경을 쓰지 않을뿐더러, 오히려 외부의 그런 호기심을 일정 부분 즐기는 것처럼 보이기도 한다.

김찬이 특권의식을 가지고 있고, 자신이 마치 무슨 왕족이나 되는 것처럼 주변 사람들에게 군림하려고 하는 것은 여러모로 이미 분명하다. 그러나 유미에게만큼은 함부로 대하지 못하는 느낌이 있다. 김강한이 지난 며칠간 지켜본 바에 의하면 그렇다. 아마도 유미의 위상이나 영향력이 생각보다 높을 수도 있다는 것이리라! 그런 것에 더하여 김찬은, 지금 젊고 건장한 사내들의 시선을 여지없이 휘어잡아 버릴 만큼의 미모를 겸비한 유미를 곁에다 앉히고 술잔을 기울이고 있는 스스로에 대해, 사내로서 흐뭇하고도 느긋한 만족감을 즐기고 있는지도 모르겠다.

물론 어디까지나 김강한이 다만 혼자 생각으로 해보는 상상일 뿐이다.

무리 없이 할 수 있는 유일한 일

'이쯤에서 그만 나가는 게 좋겠다!'

김강한은 그런 마음으로 된다. 물론 무슨 사달의 징조나 시비의 조짐이 뚜렷이 있거나 한 것은 아니다. 그러나 어쨌든 어깨들의 시선을 받기 시작한 이상, 계속 머물러 있어서 좋을 일은 없을 것이다. 그러나 그가,

"먹을 만큼 먹었으니, 이만 갑시다!"

하고 먼저 나설 처지는 아니다. 그렇게 나선다 한들,

"그래, 그럽시다!"

하고 김찬이 선뜻 응해주지도 않을 것이고! 김찬이 다시 술잔을 들어 입술을 축이고 있다. 그는 처음부터 식사를 할 생

각은 없었던지, 내내 그렇게 술만 홀짝거리고 있는 중이다. 그런 중에 그의 언더락 잔도 어느 틈에 거의 비어가고 있다.

'일단 술병부터 비우자!'

김강한은 그렇게 생각을 돌린다. 자리를 파할 명분과 분위기를 만들기 위해서 그가 무리 없이 할 수 있는 유일한 일일 것이다.

마치 맥주처럼!

김찬을 제외한 다른 사람들은 여전히 첫 잔을 지키고 있다. 다만 김강한의 잔은 진즉부터 빈 채로 있는 중이다. 처음 한 잔을 챙겨주더니 김찬이 이내 스스로의 취흥에 빠지면서는, 아무도 그의 잔에 신경을 써주지 않고 있다. 그렇다고 자작을 하자니 괜스레 초라해 보일 것 같다. 그가 술에 걸신이 들린 것도 아닌데 말이다. 또 유미에게 잔을 채워달라고 하자니, 전광의 눈총을 받아야 할 것이 지레 성가시다.

김강한이 슬그머니 맥주잔 하나를 앞으로 당겨온다. 기왕에 술병부터 비우기로 했으니, 한 잔으로 해치우자는 생각에서다. 이어 그가 슬쩍 맥주잔을 들어 보이자, 유미가 짐짓 놀랍다는 듯이 두 눈을 동그랗게 뜬다. 그러더니 허락을 구하기라도 하는 것처럼 김찬 쪽을 돌아본다. 김찬이 설핏 의아해하는 기색이더니, 이내 무슨 상황인지를 파악한 모양이다. 사뭇 홍미롭다는 시선으로 김강한을 보더니, 다시 유미에게 고개를 끄덕여 보인다.

콸~콸~콸~!

제법 거창한 소리를 내며 맥주 글라스에 술이 채워진다. 술을 따르는 유미의 시선은 술병도 맥주 글라스도 아닌 김강한을 보고 있다. 맥주 글라스가 거의 채워지면서 술 따르는 소리도 조심스러워진다.

졸~졸~졸~!

이윽고 맥주 글라스가 다 채워져 간다. 그러나 유미의 시선은 여전히 김강한을 보고 있다. 그리고 마침내 글라스에 술이 넘칠 듯이 찰랑대고서야 유미가 술병을 바로 세운다. 그러나 술이 넘쳐서가 아니라 술병이 다 비어서다. 모두의 시선이 모아진 가운데, 김강한이 천천히 술잔을 입으로 가져간다. 그리고 들이켠다.

꿀꺽~!

꿀꺽~!

김강한의 목젖이 아래위로 크게 움직일 때마다 글라스의 술이 확연히 줄어든다. 김찬의 두 눈이 조금 커지고, 유미의 입가로는 뜻 모를 미소가 희미하게 스친다. 룽은 여전히 무심하고, 전광은 잔뜩 못마땅하다는 빛이다. 김강한이 이윽고 글라스를 내려놓는다. 40도짜리의 독주를 단숨에 비운 것이다. 마치 맥주처럼!

가능하지 않은 기대

김강한이 빈 술병을 들어 올려서는 짐짓 흔들어 보인다. 술병도 비었으니 이제 그만 나가자는 뜻에서다. 그러나 그때 김찬은 이미 그를 보지 않고, 조금 남은 언더락 잔을 들어 입술을 축이고 있다. 그러나 여전히 바닥까지 비우지는 않는다. 아직까지는 자리를 파하고 싶지 않다는 것일까?

김강한이 유미에게로 눈길을 준다. 오늘의 여정에서 그녀는 총무 노릇을 하고 있는 중이다. 기념품을 살 때도, 소극장에서 연극 티켓을 살 때도 그녀가 계산을 했다. 그러니 여기 계산도 미리 좀 했으면 하는 마음에서다. 물론 그와 그녀가 눈빛만으로 뜻이 통하는 사이도 아닐진대, 그녀가 그의 뜻을 찰떡같이 알고 움직여 주리라는 것은 결코 가능한 기대가 아닐 것이다.

그런데 그때다. 유미가 문득 조신하게 자리에서 일어서더니 문으로 향한다.

'화장실에라도 가려는가?'

김강한이 가능하지 않은 기대 대신에, 보다 현실적인 짐작을 해본다.

누가 폭탄 아니랄까 봐서

"미인이십니다!"

방문 밖에서 낯선 사내의 소리가 들리더니, 이어 유미가 중국어로 뭐라고 대응을 하는 모양이다. 그러고는,

드르~륵!

방문이 열린다. 그런데 방문을 연 것은 유미가 아니라, 삼십대 중반쯤으로 보이는 낯선 사내다. 아마도 유미를 위해서 대신 방문을 열어주는 모양새인데, 사내의 얼굴에 서린 취기에서는 약간의 객기가 비치는 듯도 하다. 그렇더라도 사내는 여태까지 바깥을 지나치면서 룸 안쪽을 힐끔거리던 자들에 비해서는 나이가 좀 더 있어 보이고, 얼굴 표정이나 태도에서도 한결 여유가 비친다.

유미가 방 안으로 들어서면서 그 사내를 향해 가볍게 고개를 숙여 보이며 다시 중국어로 뭐라고 말한다. 사내가 보인 친절에 대한 감사의 표시쯤이리라! 그러자 사내는 웃는 얼굴로 유미를 향해 가볍게 목례를 하고는, 순순히 방문을 닫는다. 그런 점에서 사내는, 비록 취기를 빈 약간의 객기로 유미에게 과잉된 친절을 보이긴 했지만, 그렇다고 유미에 대해 희롱을 하

려는 것까지는 아니었던 듯하다.

그런데 거의 닫히려던 방문이 마지막 한 뼘쯤을 남겨놓고 딱 멈춘다. 순간 김강한은 설핏 좋지 않은 느낌에 사로잡히고 만다. 아니나 다를까? 그 한 뼘쯤의 틈 사이로 사내의 시선이 누군가에게로 고정되어 있다. 바로 전광이다.

'제기랄! 누가 폭탄 아니랄까 봐서……!'

김강한이 절로 인상을 쓰고 만다. 전광의 섬뜩한 눈빛! 날카로운 위협과 공격성을 노골적으로 드러내는 그런 눈빛으로 아무한테나 함부로 눈에 힘주고 그러지 말라고! 적어도 이곳 서울에는 그런 꼴 보고 곱게 넘어가지 못하는 사람들이 드물지 않게 있다고! 그가 진즉에 경고까지 해두었던 터다. 그런데 지금 문밖에 서 있는 사내야말로 그런 '드물지 않게 있는' 사람들 중에서도 대표적인 부류라고 해야 할 것이다.

미묘한 느낌의 미소

잠시 차갑게 굳었던 사내의 입꼬리에 문득 희미한 웃음기가 맺힌다. 그러나 비릿한 느낌이다. 마치 자신의 영역을 침범한 도전자에게 보이는 수컷 맹수의 도도한 적개심과도 같은!

그런데 사내와 전광이 마주치고 있는 시선에서 금방이라도 불꽃이 튕기려고 하는 바로 그때다. 전광의 옆으로 앉으면서 유미가 슬며시 그의 옷소매를 당긴다. 전광이 잔뜩 못마땅한 기색으로 유미를 노려본다. 그러나 그는 다시 김찬 쪽으로 흘깃 시선을 준다. 김찬은 실내의 긴장된 분위기 따위에는 전혀 관심이 없다는 듯이 무덤덤하게 술잔을 들어 올려 입술을 축이는 중이다. 그런 데서는 전광이 굳은 표정으로 시선을 아래로 떨어뜨린다.

전광이 먼저 시선을 피하는 모양새가 되었음에도 방 밖의 사내는 여전히 전광에 대한 적개심을 거두지 않는 모양새다. 그러자 유미가 사내를 향해 가볍게 목례를 해 보인다. 그때다. 김강한은 그녀의 얼굴에 잠깐 떠올랐다가 이내 거두어지는 한 자락 미묘한 느낌의 미소를 본다. 그것은 뭐랄까? 청초와 가련, 그리고 호소의 느낌들이 짧은 여운을 남기며 스쳐 지나가는, 그런 느낌이라고 할까? 그리고,

탁!

소리를 내며 방문의 나머지 한 뼘이 마저 닫힌다.

'후우~!'

김강한은 가만히 숨을 내쉰다. 그 괜한 안도에는 곧장 내심의 실소가 생겨나는 것이지만, 어쨌든 다행이다 싶다. 엉뚱한 시비에 휘말리는 상황은 일단 피했으니 말이다. 그런데 다시 그때다.

"그만들 일어나지?"

김찬이 불쑥 뱉는다. 그러곤 정작 다른 사람들의 대답은 처음부터 들을 생각이 없었다는 듯이, 곧장 자리에서 일어선다. 전광이 즉각 반응하며 벌떡 일어나서는 방문 쪽으로 향한다. 이어 신속하게 방문을 열고 밖으로 나서는 그의 움직임에서는, 김찬보다 한발 먼저 나가서 경호 위치를 확보하겠다는 것으로만 보기에는 왠지 과하게 서두른다는 느낌이 있다.

저의

'다른 저의가 있다?'

김강한은 퍼뜩 그런 생각을 해보게 된다. 김찬에 대해서다. 방금 전 바깥의 사내와 잠깐이나마 제법 긴장된 분위기가 있었던 만큼, 조금쯤 시차를 두고 나가는 것이 좋으리라는 판단은 누구라도 해볼 법하지 않은가? 그런데 김찬이 굳이 당장에 자리를 파하고 나가자는 것에서 그렇다. 더욱이 자신의 말이 있자마자 방금 전의 그 사내를 뒤쫓기라도 하듯이 즉각 밖으로 튀어 나가는 전광을 보면서도, 태연하다 못해 느긋하기까지 한 그의 모습에서 또한 그렇다.

좀 전 사내가 보인 행동에 대해 무덤덤한 척을 했지만, 김찬이 사실은 불쾌했던가? 혹은 서울의 평범한 일상을 경험해 보겠다고 나왔지만, 막상은 그저 무료하기만 하던 중에 마침 생각지 못했던 에피소드가 생겼고, 그 돌발성이 주는 흥미를 즐겨보자 하는 갑작스러운 흥취라도 생긴 걸까? 어쨌든 지금 김찬의 모습에서는, 일부러 문제를 일으켜 보겠다는 의도가 있지 않는가 하는 심중의 의심을 가져보게 되는 것이다.

뿐만 아니다. 그러고 보니 룽이나 유미까지도 덩달아서 태연하고 느긋한 모습들이다. 김찬의 의심스러운 의도를 말려보려는 의지는커녕, 오히려 부추기려는 것으로도 보일 만큼 말이다.

한 번쯤 겪을 수도 있는 일

'굳이 나설 필요가 없겠다!'

김강한이 이윽고는 그런 작정으로까지 되고야 만다.

그렇지 않은가? 김찬이 외부로 노출될 수도 있다는 차원에서는 결코 바람직한 일이 아닐 것이다. 그러나 자신들이 굳이 자초한 일이다. 자업자득(自業自得)! 그런 말도 있듯이, 일을 굳이 만들려는 쪽에서 당연히 그 뒷감당도 해야 하는 것이 아닌가 말이다.

저네들이 얼마나 대단한 신분이고 위상이어서 그야말로 왕족처럼 대접을 받아왔는지는 모르겠지만, 그것이야 북한이나 중국에서나 통할 대접이다. 여긴 어디까지나 서울이다. 로마에서는 로마의 법을 따르라고 하듯이, 서울에 왔으면 서울에 맞춰야 하는 것이지, 서울을 자기들한테 맞추려고 하는 건 가당찮은 노릇이다.

'서울 시민들의 평범한 일상을 경험하고 싶다고 했던가? 그래! 이런 상황이 평범하고 흔한 일상은 아니겠지만, 서울에서 평범하고 힘없는 시민으로 살다 보면 한 번쯤 겪을 수도 있는 일이기는 하지!'

활극

저만큼 걸어가고 있던 예의 그 사내가, 뒤쪽에서 방문이 열리는 소리에 이어 누군가 서둘러 밖으로 튀어나오는 기척에 고개를 돌려 뒤를 돌아본다. 그러고는 설핏 차가운 눈빛이 되어서는 아예 몸을 돌려세운다. 이어,

"어이! 눈 깔아라이~?"

나직이 외치는 사내의 말에 대번의 위협이 담긴다. 역시나 전광의 섬뜩한 눈빛 때문일 것이다. 그때다. 전광이 다짜고짜 사내를 향해 돌진한다. 그리고,

퍽!

격돌이랄 것도 없이, 마치 탱크에라도 부딪친 듯이 사내가 그대로 뒤로 튕겨 나간다.

쿠당~탕!

바닥으로 나가떨어진 사내는 충격이 컸던지 바로 일어서지 못한 채로 고통스러운 신음을 흘린다.

다시 그때다. 통로 끝의 룸 앞에서 경계를 서고 있던 사내 둘이 그 광경을 보고는 놀라서 달려온다. 그리고 쓰러진 사내를 살펴볼 것도 없이 곧장 전광에게로 덮쳐든다. 전광이 이번에도 물러서기보다 오히려 사내들에게 맞부딪쳐 간다. 그리고 격돌의 순간 앞선 사내의 국부를 짧게 차올리고는, 다시 빙글 몸을 회전시키며 팔꿈치로 뒤따르는 사내의 명치를 찍는다.

"큭!"

"악!"

두 사내가 잇달아 비명을 토하며 허리를 꺾는 중에, 전광의 양발이 다시 사내들의 면상을 차올린다.

퍽!

퍼~억!

두 사내가 입과 코에서 핏줄기를 내뿜으며 바닥을 나뒹군다.

김찬은 구두를 신고 있다. 전혀 서두르지 않는 느긋한 모습이다. 그런 데서 그는 지금 벌어지고 있는 상황쯤은 전혀 개의치 않는다는 듯하다. 혹시 그는 전광이 펼치는 한바탕의 활극을, 그저 느와르 액션영화의 한 장면을 보는 정도로만 여기는 걸까?

일기당천(一騎當千)이야 단지 기백이 그렇다는 것이고

쾅~!

통로 끝 쪽 룸의 방문이 거칠게 열어젖혀진다. 그리고 우르르 사내들이 밖으로 쏟아져 나오는데, 그 숫자가 삼십 명은 넘는 듯하다.

"저 새끼들 뭐야?"

"저 새끼들 모두 잡아!"

거친 외침들이 터져 나오면서, 사내들이 구두도 신지 않은 채로 달려오기 시작한다. 그러나 전광은 여전히 물러날 기색 없이 제자리에 우뚝 버티고 서 있다. 그런 모습에서 그는 그야말로 일기당천(一騎當千)의 기백으로, 그 혼자서 사내들 전부를 상대하겠다는 듯하다. 앞을 다투며 달려온 사내들이 곧장 전광을 덮친다.

"악!"

"큭!"

짧은 비명들이 잇달아 터지는 중에 서넛의 사내들이 제각기 명치와 목, 그리고 국부 등의 급소를 감싸 쥐고 나동그라진다. 예비동작이랄 것도 없이 최소최단(最小最短)의 궤적으로 상대의 치명적인 급소만을 노리는 전광의 움직임은 지독히도 실전적이다.

그러나 사내들도 싸움에, 특히 패싸움에 제법 능한 자들 같다. 앞쪽 일선(一線)에 섰던 자들이 속속 무너지는 중에도, 뒤에 섰던 무리들은 전광의 주변으로 포위망을 구축한다. 그런 그들의 손에는 어느 틈엔지 칼과 작은 손도끼 등의 무기에다, 주변에서 구했을 밀대 자루에 의자 다리며 술병 등이 들려 있다.

그러고서 사내들이 일제히 공간을 좁혀드는 데야, 전광이 아무리 실전에 능하다고 해도 감당해 낼 방법이 없을 듯하다. 일기당천이야 단지 기백이 그렇다는 것이고, 한 손으로 열 손을 당할 수 없다고 하지 않던가? 그런데 심지어 열 손도 아니고 스무 손, 서른 손인 다음에야……!

개폼

타~앙!

난데없는 굉음이 실내를 쩌렁하게 울린다. 총성이다. 놀란 사내들이 주춤주춤 뒤로 물러나는 중에, 전광의 손에 권총 한 자루가 쥐어져 있다. 천장을 향해 한 발이 발사된 후 자신들에게로 겨누어진 총구 앞에서, 사내들은 감히 다시 덤벼들 엄두를 내지 못하는 모습들이다. 그런데 그때다.

"쏴! 쏴봐! 개새끼야!"

사내들 중의 하나가 거칠게 외치며 성큼 앞으로 나선다. 그리고 웃통을 벗어젖히는데, 상반신 전체에 울긋불긋 화려한 색채의 문신이 빽빽하다. 문신 사내가 가슴을 쭉 펴고는 전광을 향해 다시 한 걸음을 성큼 다가든다. 그런데 다시 그때다.

"나도 쏴라! 씨발 놈아!"

다른 사내 하나가 또한 외치며 걸어 나와서는 문신 사내와 어깨를 나란히 한다. 그러더니 다시 뒤이어,

"여기도 있다!"

"나도 쏴라!"

하는 외침들이 잇달아 터져 나오며 또 다른 사내들이 나선다. 그리고 이윽고는 나머지의 사내들이 일제히 전광을 향해 거리를 좁혀오기 시작한다. 그러나 전광이 당황하기보다는, 사내들을 향해 훑듯이 총구를 옮겨 겨누어가면서 차갑게 뱉는다.

"간나 새끼들! 오라! 먼저 오는 놈부터 대갈통에 바람구멍을 내줄 테니까, 얼마든지 와보라!"

사내들의 걸음이 주춤할 때다. 처음 나섰던 문신 사내가 다시 무리의 앞으로 성큼 나서면서 외친다.

"어이! 꼴랑 권총 한 자루 들었다고 지금 개폼 잡냐? 그래,

그 총에 과연 총알이 몇 발이나 들어 있는지 어디 한번 해보자! 자! 쏴봐! 쏘라니까, 개새끼야!"

전광의 총구가 곧장 문신 사내에게로 고정된다. 이어,

탕~!

단발의 총성이 공간을 찢는다. 사내들이 반사적으로 몸을 숙이고, 혹은 그대로 바닥으로 몸을 던지는 자도 있다. 그러나 쓰러진 자는 아무도 없다. 직접의 표적이 되었던 문신 사내 역시도 놀란 기색일 뿐 멀쩡하게 서 있다.

오히려 멀쩡해 보이지 않는 것은 전광이다. 그는 왼손으로 오른손을 감싸 쥐고 있는데, 그러고 보니 그가 들고 있던 권총은 멀찍한 곳의 바닥에 떨어져 나뒹굴고 있다.

반칙

"이런 데서 권총을 쓰는 건 반칙이지! 가만 놔두니까 아무데서나 함부로 총질을 하고 지랄이야? 여기가 북한이야 뭐야?"

김강한이 중얼거린다. 그러나 나직한 혼잣말이어서 듣는 사람은 없다.

사실은 그가 송곳니를 발출한 것이다. 백팔아검의 송곳니 말이다. 그리하여 전광이 권총의 방아쇠를 당기려는 순간에 송곳니가 그의 손등을 관통해 버렸고, 그 때문에 권총의 겨냥이 틀어지면서 총알이 엉뚱한 곳으로 날아간 것이다. 그러나 모두의 어리둥절함은 오래가지 않는다.

"저 새끼 밟아!"

사내들 중에서 누군가 외치고, 이어 '우르르!' 전광을 향해 덮쳐간 사내들이 마구잡이로 찌르고 휘두르고 던지면서 공세를 퍼붓는다. 전광이 좌충우돌로 이리 뛰고 저리 날며 버텨보지만 도저히 역부족이다. 이윽고는 휘청 중심을 잃은 전광이 바닥으로 쓰러지고 만다. 그런 전광의 위를 사내들이 겹겹이 덮쳐들면서, 누르며 붙잡고 치고 밟고 하면서 짓이겨 버린다. 소위 다구리다. 그런 중에,

"저 새끼들도 잡아!"

하는 외침이 있더니, 사내들의 일부가 곧장 김강한 등이 있는 쪽을 향해 달려온다.

확연하게 다른 양상

먼저 움직인 건 룽이다. 전광이 당하는 모습을 보면서도 김찬의 곁을 지킬 뿐 남의 일인 양 무심하게 보고만 있더니, 사내들이 이윽고 이쪽으로 달려드는 모습을 보고는 그가 성큼 앞으로 마주 나아간 것이다.

사내들은 전광을 무력화시켰던 방식 그대로 곧장 룽의 주변을 둘러싼다. 그리고 잡다한 물건들을 마구 던지고 칼과 손도끼 등을 휘두른다. 그러나 이번에는 확연하게 다른 양상이 벌어진다.

퍽!

룽의 머리를 내리친 술병이 박살 난다.

와~작!

정강이를 후려갈긴 의자 다리가 동강 나 부러진다. 그러나 룽은 끄떡도 하지 않는다. 굳이 피하려고 하지도 않는 모습이다. 칼이나 손도끼 등에 대해서도 마찬가지다. 칼에 옆구리를 찔리고도, 손도끼에 어깨를 찍히고도 룽은 고통스러워하거나 타격을 받는 모습이 아니다.

그런 룽의 괴물 같은 모습에는 사내들의 기세가 일시 주춤한다. 그러나 이내 다시 대여섯 명의 사내들이 온몸으로 룽을 덮쳐든다. 그리고 룽의 목을 휘감고 팔다리를 붙잡고 늘어진다. 일단 넘어뜨리려고 하는 것이리라! 그러나 룽은 요지부동이다. 오히려 룽이 가볍게 휘두르는 손짓과 걷어차는 발길질에 사내들이 허깨비처럼 나가떨어진다.

이건 아예 상대가 되지 않는다. 마치 양 떼 속으로 뛰어든 한 마리 맹수 같다. 양 떼가 아무리 숫자가 많아도 한 마리 맹수를 도저히 당해낼 수 없듯이, 지금 룽과 사내들의 싸움이 그런 양상이다. 무기로도 어쩌지 못하고 다구리도 통하지 않는, 룽은 그야말로 괴물과도 같은 면모를 보여주고 있다.

더한 괴물

'괴물……!'

룽의 모습에서 김강한은 한 가지를 연상해 내고 있는 중이다. 그가 이미 경험해 보았던 괴물들, 바로 밀마존맥의 괴인들이다.

비록 모습은 사뭇 다르지만, 지금 룽이 보여주고 있는 강철 같은 신체와 놀라운 힘은 밀마존맥의 괴인들에 조금도 못지 않다.

아니다. 룽은 더한 괴물이다. 밀마존맥의 괴인들이 신체의 강인함과 괴력에서는 룽과 비슷하다고 할 수 있겠다. 그러나 그가 직접 겪어본 바로, 그들에게는 상대적으로 뚜렷할 만큼의 결점 내지는 약점이 있다. 즉, 그 움직임이 느리다는 점과, 또 독자적인 행동에 제약이 있어서 명령자의 통제를 따라야만 한다는 점이다.

그러나 지금 룽은 빠르고 유연한 움직임에다, 상황에 대해 자의적으로 판단하고 대응하고 있다는 점에서, 밀마존맥의 괴인들과는 비교할 수 없는 능력을 가지고 있다고 해야 할 것이다.

피투성이로 변한 채 축 늘어진 전광에게 결박까지 지어놓은 사내들이 룽 쪽으로 합세한다. 그렇게 세가 불어났음에도 사내들은 오히려 포위망을 넓힌다. 그리고 직접 부딪치기보다는, 주변에서 의자나 테이블 등을 가져다가 마구잡이로 룽을 향해 던진다. 그러나 룽은 여전히 요지부동으로 버티고 서서, 얼굴로 날아드는 것들만 대충 손으로 쳐낸다.

사내들의 포위망에 문득 변화가 생긴다. 한순간 포위망이 열리는가 싶더니, 다시 십여 명이 재빨리 새로운 포위망을 구축하며 룽을 가둔다. 그런 사내들은 맞춤이라도 한 듯이 삼사십 센티미터가량의 회칼을 들고 있다. 그리고 비장한 그들의 기색에서도 이제까지의 전열과는 사뭇 달라 보이는 데가 있다.

"가자~!"

짧고도 단호한 외침과 함께 그 십여 명이 일제히 회칼을 휘두르고 혹은 찔러든다. 룽은 어디로도 피할 여지가 없어 보인다. 다만 가만히 버티고 선 모습에서, 룽은 한결 차갑게 가라앉은 느낌이다. 이윽고 그 십여 자루의 회칼이 룽의 온몸을 베고 찌른다.

"억……?"

경악인지 비명인지 모호한 짤막한 소리가 터져 나온다. 그러나 소리를 낸 것은 룽이 아니다. 사내 하나가 룽에게 양어깨를 잡혀 있다. 사내는 고통스러운지 얼굴이 일그러져 있는 중에도 계속해서 룽의 옆구리에다 회칼을 찔러대고 있다. 뿐만 아니라, 다른 사내들 또한 벌써 몇 차례씩이나 룽의 몸에 칼질을 해대고 있는 중이다.

그러나 룽은 표정조차 흐트러지지 않는 중에, 무심하게 사내의 양어깨를 붙잡은 손아귀에 힘을 가한다. 사내가 하얗게 질리며 몸을 비튼다. 필사적으로 벗어나려는 것이리라! 그러나 다음 순간이다.

우드~득!

뼈마디 부서지는 소리와 함께,

"아아~악!"

사내가 진저리 치며 악을 쓰듯이 비명을 질러낸다. 룽의 손아귀 안에서 사내의 양 어깨뼈가 그대로 으스러지고 마는 모양새다. 엄청난 악력이다. 그사이에도 회칼들이 계속 몸을 찔러들지만, 룽은 아랑곳하지 않는다.

"크아~악!"

다시금의 참혹한 비명이 터져 나온 끝에야, 룽이 그 사내를 놓아준다. 그런데 비틀거리며 뒤로 물러나는 사내의 양팔이

어깨에 대롱거리며 매달린 형상이다. 어깨뼈가 완전히 으스러진 중에 겨우 피부와 몇 가닥의 힘줄로만 붙어 있는 듯하달까? 그런 놀랍고도 끔찍한 광경에는 나머지의 사내들이 일시에 질린 기색들이 되고 만다. 그들이 칼질을 멈추고 주춤주춤 뒤로 물러설 때다. 룽이 성큼 쫓아가면서 가볍게 발을 차올린다.

"악~!"

사내 하나가 소스라치는 비명을 내지르더니, 무릎 부위를 감싸 쥐고는 풀썩 바닥으로 주저앉는다. 그런 사내의 왼다리 무릎 아래가 제멋대로 돌아가 있다. 완전히 꺾여 버린 것이리라! 그런 광경에는 사내들이 이윽고, 누가 먼저랄 것도 없이 도망을 치기 시작한다. 그러나 룽이 서두는 기색도 없이 쫓아가서는, 다시 사내 하나를 낚아챈다.

"아아~악!"

다시 참혹한 비명이 터져 나오고, 룽에게 잡힌 사내의 오른쪽 팔꿈치 부위가 그대로 으스러져 나간다.

지나치다

김강한은 잔뜩 인상을 쓰고 있다. 웬만하면 개입하지 않으려고 작정을 하고 있던 바이지만, 이건 좀 아니다 싶다. 이건 아예 싸움이 아니다. 사람의 육신을 마치 수수깡이나 나무젓가락이라도 되는 듯이 잡히는 대로 부러뜨리고 으스러뜨려 버린다.

더욱이 그러면서도 룽은 조금도 흥분하거나 날뛰는 모습이 아니다. 오히려 무표정하다. 마치 배가 고파서 사냥을 하는 것이 아니라, 놀이 삼아서 사냥감을 찢고 뜯어 발기는 잔혹하고도 교활한 맹수처럼!

'지나치다!'

김강한이 이윽고는 거부감을 가지지 않을 수 없다. 그도 잔인하달 정도의 폭력을 행사해 보지 않은 건 아니다. 그러나 매번 나름의 이유와 까닭이 있었다. 그런 것도 없이, 그저 우연한 시비로 벌어진 싸움에서, 그것도 공포에 질려 도망치는 자들에게 저렇게까지 잔인할 필요는 없으리라!

아니, 그래서는 안 될 것이다. 사내들이 무슨 죽을죄를 범한 것도 아니지 않은가? 우발적이었거나, 혹은 오히려 김찬이 의도적으로 상황을 만든 측면도 없다고는 할 수 없는 것이고 말이다.

부추김 혹은 충동질

사내들이 멀찌감치 물러난 중에, 룽은 또다시 사내 하나를 낚아채고 있다. 사내가 하얗게 질린 얼굴로 되고 말지만, 저항은커녕 감히 도망치려는 시도를 해볼 엄두조차 내지 못하는 모양새다.

룽의 얼굴에 희미한 웃음기가 스친다. 그것에서 다시금의 잔혹을 예감하며 김강한은 힐끗 김찬을 돌아본다. 그러나 김찬은 차라리 담담해 보인다. 이런 정도의 잔인과 잔혹쯤은 그에게 조금의 감흥도 주지 않는다는 듯하다. 또한 그럼으로써 그에게서는 현재의 상황을 정리하려는 의지 따위는 전혀 찾아볼 수 없다.

담담하고 태연한 것은 김찬의 곁을 지키고 있는 유미도 마찬가지다. 그러나,

'아니! 어쩌면 유미는 오히려, 지금의 상황 정도로는 만족하지 못하는 듯하다!'

설핏 마주친 그녀의 시선에서 묘한 부추김 혹은 충동질 같은 느낌을 받으면서, 김강한은 문득 그런 생각까지를 해보게 된다.

그만하지?

"제발……! 아, 안~돼!"

룽에게 붙잡혀 있는 사내가 소스라치는 비명을 질러낸다.

이미 룽의 잔혹함을 지켜본 터에, 이제 자신의 팔에 가해지기 시작하는 룽의 무시무시한 악력에 지레 자지러지고 마는 것이리라! 그때다.

"그만하지?"

부지불식간에 불쑥 코앞으로 다가와 무덤덤한 투로 건네는 말에, 룽의 시종 무심했던 표정에 찰나간의 동요가 인다. 이어,

팡~!

가볍게 가슴을 치는 김강한의 일장(一掌)에 룽이 주춤 한 걸음을 밀려나고, 그 바람에 움켜잡고 있던 사내의 팔을 놓친다.

"가시오!"

김강한의 그 말에야 사내가 비로소 상황을 인지한 모양으로 화들짝 놀란다.

그러나 머리로의 인지일 뿐인 모양이다. 사내의 몸은 여전히 공포가 주는 경직에서 채 벗어나지 못한 듯이, 후들거리는 다리가 제풀에 엉기며 제자리에서만 허우적거린다. 마치 개미지옥에 빠진 개미처럼!

그러나 그때 룽이 김강한에게로만 오롯한 집중을 하는 덕분으로, 사내가 사력을 다한 몸짓으로 겨우겨우 옆으로 물러나며 이윽고 지옥 같았던 공포로부터 탈출한다.

처음이다

룽이 뭐라고 중얼거리는 소리를 흘린다. 혼잣말인 듯이 워낙 나지막한 소리에다 더욱이 중국말이겠기에, 김강한으로서는 무슨 소린지 알 수가 없다. 그런 중인데,

팟!

날카로운 경기(勁氣)가 김강한의 얼굴로 쇄도해 든다. 룽의 주먹이다. 그런데 빠르다. 룽이 지금까지의 놀라운 괴력과 잔혹에서도 보여주지 않았던 쾌속함이다.

찰나지간! 반사적으로 외단이 작용하고, 그 날카로운 경기를 슬쩍 밀어낸다. 그러나 얼굴 피부에 싸하게 남는 여운이 있다. 그것에서 김강한은 룽의 주먹에 담긴 위력을 짐작해 본다.

파파~팟!

다시 룽의 타격이 쇄도해 든다. 그저 마구잡이의 주먹질이 아니다. 공간을 구획하여 김강한을 몰아대듯이 한다는 데서, 나름의 격식이 엿보인다. 곧 초식이다. 그러나 김강한의 몸은 유연하고도 기묘하게 룽의 촘촘한 공세 사이를 빠져나간다. 보결(步訣)이다.

김강한은 문득 흥미가 솟는다. 룽의 연타가 주먹과 손가락과 손목, 팔꿈치와 어깨, 심지어 머리까지 동원하는 방식이라

는 데서다. 그의 십팔수와 상당히 유사한 것이다.

한 호흡 동안을 수세로만 버틴 김강한이 보결의 운용을 멈추는 대신 룽에게로 바짝 붙으며 간격을 좁힌다. 당장에 룽의 공세가 폭발적으로 터져 나온다. 김강한이 또한 적극적으로 맞받아치기 시작한다. 십팔수다.

파파파~팡!

정면으로 부닥치자 룽의 손속에 담긴 경기가 확연히 실감된다. 역시 단순한 완력이 아니다. 진기(眞氣), 혹은 내기(內氣)라고 해야 할 무형의 힘이 담겨 있다. 한차례의 교합이 이루어진 다음, 공방의 기세는 더욱 맹렬해진다. 날카로움이 배가되고, 노골적인 살기가 맹렬하게 분출된다.

투투투~퉁!

내력끼리의 부딪침이 한층 밀도 높은 충격음을 만들어낸다. 김강한의 홍미도 한껏 고조된다. 그의 쌍권(雙拳)이 피스톤처럼 짧게 끊어 치는 궤적을 만들어낸다. 동시에 킥과 니킥, 또 팔꿈치와 어깨와 허리와 머리 등 몸의 모든 부위가 공격에 동원되며 치고, 차고, 걸고, 잡아채고, 튕기고, 박치기를 한다.

십팔수(十八手)! 극단적이리만큼 내공에만 치우친 금강부동공의 내외(內外) 균형을 보완하기 위해 창안된 아주 간단한 체조 형태의 기본 외공! 그 구성은 열여덟 가지의 기본적인 초식에 불과하나, 확장시킬 수 있는 응용 수법이 무궁무진하여 특히 근접전의 박투에서 가능한 모든 수법을 담고 있다는 박투술(搏鬪術)! 김강한이 십팔수를 익힌 이후로, 그 열여덟 가지의 수법 전부를 이처럼 전력을 다해 펼쳐보기는 처음이다. 더욱이 일대일의 상황에서는!

정말 사람이 아니란 말인가?

김강한과 룽이 펼쳐내는 수법은 언뜻 비슷하게도 보인다. 그러나 사실은 확연한 차이가 있다. 단적으로 룽의 수법은 공격 위주이다. 아니, 위주라기보다는 아예 일변도다.

'최선의 공격은 최고의 수비다! 상대로 하여금 감히 반격을 취할 여지조차 주지 않는다면, 수비란 애초부터 불필요하다!'

마치 그런 원칙에 철저하기라도 한 것처럼, 룽은 시종 일변도의 공세를 맹렬히 몰아치고 있다.

그러나 룽의 그러한 공세 일변도가 김강한으로 하여금 감히 반격을 취할 여지를 주지 않는 정도는 아니다. 룽의 공세에서 이윽고 일말의 틈과 허점이 노출되고 있다. 룽이 쳐낸 권(拳)을, 김강한이 장(掌)으로 받아 미끄러뜨리는 동시에 그 손목을 잡아당긴다. 그리고 반력으로 짧은 회전을 일으켜 낸 그의 팔꿈치가 룽의 옆구리로 박혀든다.

쿡!

룽이 허리께를 실룩하며 뒤로 물러나는 것을, 김강한이 바짝 쫓아들며 각퇴(脚腿)를 작렬시킨다.

파~팍!

하체에 강한 충격을 받은 룽의 몸이,

휘~청!

크게 흔들리며 그 중심이 낮아진다. 김강한이 다시 그 뒷머리를 잡아 누르며 니킥 일격을 올려 찬다.

퍽~!

턱이 쳐들린 채로,

비틀~!

하며 룽이 잇달아 뒷걸음질을 친다.

그러나 룽은 이내 중심을 되찾고 버텨 선다. 그런 그의 모습에서는 특별히 타격을 받은 것 같지도 않다. 역시 굉장한 신체다.

"타~앗!"

기합 같은 외침을 토해내며 룽이 다시 맹렬하게 덮쳐든다. 김강한이 설핏 질리는 느낌으로 되는 것이지만,

"후~!"

가볍게 날숨을 토해낸 그가 룽의 공세에 맞부딪쳐 나간다. 그의 십팔수가 한층 더 신랄해진다.

팟!

김강한의 정권이 룽의 명치에 틀어박힌다. 룽이 멈칫하고 움직임을 멈추는 듯하다. 그러나 역시 잠깐일 뿐이다.

"우아~앗!"

괴성을 내지른 룽이 김강한의 상체를 붙잡아온다. 그런 룽의 양팔을 아래로 쳐 내리며, 김강한의 양 주먹이 룽의 양쪽 관자놀이를 강타한다.

파팍~!

룽이 다시 멈칫거린다. 그 틈에 김강한이 뒤로 빠져나오면서 짧게 킥을 차올린다.

퍽!

그 킥 일격은 룽의 국부에 정통으로 틀어박힌다. 그렇게 연이어 치명적인 급소를 가격당하고서는 룽도 멀쩡하지는 못하겠던 모양이다. 엉거주춤 웅크린 자세로 된 룽이 주춤주춤 뒷걸음질을 친다. 그러나 이번에도 거기까지일 뿐이다. 룽이 다시금 몸을 세우고 있다. 그러더니,

"우아~아~앗!"

상처 입은 맹수의 포효처럼 거친 부르짖음을 토해내며, 더욱 폭렬한 기세로 돌진을 해온다. 이쯤 되면 김강한으로서도 질리지 않을 수 없는 노릇이다.

'이건 도대체가… 정말 사람이 아니란 말인가?'

연동(聯動)

룽이 어느 틈에 다시 간격을 좁혀든다. 그런데 룽을 맞아나가는 김강한의 십팔수가 느긋해지는 느낌이다. 마치 이번에는 그다지 적극적으로 공방을 펼칠 의지가 없는 것처럼!

묘한 것은, 그럼에도 룽이 쉽사리 김강한을 압박해 들지 못한다는 점이다. 룽의 공세는 절정으로 치닫는 듯이 맹렬함이 더해져 가지만, 막상 김강한에게 이르러서는 미끄러지듯이, 또 슬쩍슬쩍 튕겨나듯이 하며, 다만 그의 몸 주변에서만 맴도는 듯이 보인다.

그러더니 어느 시점부터 룽이 움직이는 속도가 확연히 느려지고 있다. 마치 빠르게 지쳐가는 듯이! 그리고 이윽고 그에게서는 당황의 기색마저 비치기 시작한다.

연계다!

[십팔수가 결국에는 외단의 공능과 연계가 되어 있는 바, 그 경지가 마침내 완숙의 경지에 이르게 된다면 십팔수만으로도 가히 무적을 구가할 수 있을 것이다!]

바로 그 연계다! 아니, 좀 더 상세하게는 연동(聯動)이다! 십팔수와 외단의 연동!

십팔수가 펼쳐지는 중의 몸짓들에 맞추어 외단이 마치 실타래처럼 가닥가닥 경기(勁氣)의 줄기들을 만들어내고 있다. 그 경기의 줄기들은 룽의 전신을 휘감아 돈다. 그리하여 이윽고 룽의 전신은 보이지 않는 수많은 경기의 가닥들에 의해 촘촘히 묶여 버리고 만다.

한편 그러고 보면

룽이 우뚝 멈춰 선다. 시종 맹렬하고도 포악한 기세로 공세를 취하던 그가, 어느 순간부터 확연히 느려지더니 이윽고 멈춰 서버린 것이다.

룽은 잔뜩 피가 쏠린 듯이 검붉게 달아오른 얼굴로, 굵게 핏발이 선 두 눈을 부릅뜨고 있다. 그런 형상은 마치 절간 초입에 모셔진 사천왕의 하나를 보는 듯이 흉측하기까지 하다. 또한 옷 밖으로까지 도드라지는 근육들의 불끈거림에서는, 도저히 승복하지 못하겠다는 치열하고도 포악한 투쟁심이 여전하다.

사정을 모르는 사람들로서는 크게 이상할 수밖에 없는 노릇이겠지만, 싸움은 아직 끝나지 않았다. 김강한이 강제로 중단을 시켜놓고 있을 뿐이다. 룽은 지금 온몸을 겹겹으로 옭아매고 있는 보이지 않는 경기의 가닥들로부터 벗어나기 위해 사력을 다하고 있는 중인 것이다.

룽을 옭아매고 있는 경기의 가닥들이 맹렬하게 요동을 친다. 그 사뭇 요란한 기감에서 김강한은 룽의 괴력에 대해 새삼 경이를 느낀다. 확실히 괴물은 괴물이다.

한편 그러고 보면, 그런 괴물을 상대로 괴력 대 괴력, 혹은 초월력(超越力) 대 초월력의 싸움을 벌이고 있는 김강한 또한, 역시나 정상적인 범주에 속한다고 하기는 어렵지 않을까?

그만하자고!

어쨌거나 문제는 이대로 룽을 계속 묶어놓기도 그렇고, 그렇다고 당장에 난리를 칠 게 뻔한 괴물을 대책도 없이 다시 풀어놓을 수도 없다는 것이다.

대책이 없다는 것은, 김강한이 이미 마혈도 짚어보았고, 천락비결상의 최면요법까지 시도해 보았지만, 도무지 통하지 않은 것을 두고 하는 얘기다. 그나마 아혈을 짚을 수 있었던 것은 다행이라고 하겠다. 지금 룽이 사력을 다해 용을 쓰고 있는 중에도, 괴성을 질러대지는 못하고 있으니 말이다.

'확……! 팔다리를 분질러 버릴까?'

아무리 괴물이라고 해도, 사지가 꺾이고 나서도 계속 난동을 부려댈 수는 없으리라! 그러나 그렇게까지 할 만큼의 까닭이나 명분은 또 없다고 하겠다. 룽이 그와 철천지원수지간인 것도 아니고, 적어도 오늘 밤까지는 한 지붕 아래에서 지내야 하는 사이인데 말이다.

"어이! 그만하자고!"

김강한이 룽의 귓가에다 슬쩍 말을 흘려본다. 차라리 달래보자는 심정이다. 물론 한국말을 못 알아들을 것이나, 사태가 이쯤 되었으면 그가 어떤 심정에서 하는 말인지는 충분히 알고도 남으리라! 그러나 그 순간이다. 룽의 두 눈에서 포악한 살기가 마치 레이저빔처럼 뻗치고 나온다.

'이게… 진짜로 확 그냥……?'

김강한이 이윽고는 와락 화가 치밀고 만다. 포악이건 살기건, 부릴 만한 상대한테 부려야 할 것이 아닌가 말이다.

가장 단순하지만, 가장 직접적인 방법으로!

퍽~!

둔탁한 소리와 함께 룽의 머리가 앞으로,

휘~청!

쏠렸다가는 다시 제자리로 돌아간다. 김강한이 손바닥으로 뒤통수를 후려갈긴 것이다.

그것은 언뜻 보기에 마치 말 안 듣는 아이의 뒤통수를 때리는 정도로 가벼워 보인다. 그러나 사실은 굉장한 충격이 담긴 일격이다. 그리하여 만약 룽의 몸이 외단에 의해 구속되어 있지 않았다면, 휘청하는 것으로 그치지 않고 곧장 앞으로 고꾸라지고 말았을 것이다.

룽이 비록 비명을 지르지는 않았지만—지르지 못한 것이지만—, 두 눈의 동공이 잠시 초점을 잃고 흔들리는 듯하다. 그도 이윽고는 고통을 느끼는 것인가? 그러나 이내 다시 그의 두 눈이 이글거리며 타오른다. 더욱 맹렬한 분노와 증오를 담고서!

퍽~!

소리와 함께 다시금 룽의 머리가 휘청 앞으로 쏠린다. 그의 동공이 한층 격렬하게 흔들린다.

'강철 같은 육신에 마혈도 짚이지 않는 괴물이니, 고통을 느끼지 않을 수도 있을 것이다! 그러나 정말로 쇳덩이로 만들어진 것은 아닐 텐데, 인간의 육신을 가진 이상 그 한계는 있을 수밖에 없다!'

김강한은 그런 생각이다. 그리고 그는 지금 그 한계를 두드려 보고 있는 중이다. 가장 단순하지만, 가장 직접적인 방법으로!

'고통을 느낀다면 결국 굴복을 할 것이고, 그렇지 않다면 기절이라도 하겠지!'

퍽~!

김강한이 다시 한 대를 후려갈기는데, 룽이 문득 조용해진다. 눈을 들여다보니 초점이 완전히 풀렸다. 결국 기절을 하고 만 모양새다.

정말 죽기라도 한다면?

김강한이 룽을 묶고 있는 외단 경기의 가닥들을 거두려고 할 때다. 설핏 룽의 두 눈에 초점이 돌아오고 있다. 그런가 싶더니 그의 두 눈은 곧장 벌겋게 변해간다. 이어 그의 몸이 마구 들썩거리기 시작한다.

놀랍다. 룽을 묶고 있는 외단 경기의 가닥들이 쭉쭉 늘어나고 있다. 룽이 저항하는 힘이 폭발적으로 증폭되고 있는 것이다. 그러나 외단이 또한 빠르게 응축되면서, 룽을 옭아맨 경기의 가닥들 또한 한층 강력하고도 견고하게 변한다.

"우와~아~악!"

룽의 입에서 괴성이 터져 나온다. 아혈이 뚫린 것이리라!

"크아~아~아!"

룽이 야수처럼 울부짖으며 마구 몸부림친다. 그런 중에 그의 코에서 피가 터지며, 이어 줄기를 이루며 뿜어진다. 그의 두 눈 또한 이제는 아주 시뻘겋게 변해서 그대로 핏물이 배어

나올 것만 같다. 뿐만 아니다. 얼굴과 목을 비롯해 바깥으로 드러난 그의 피부 또한 온통 검붉게 변해 있다.

이건 마치 폭주를 하는 것 같다. 이대로 두었다간 룽의 온몸이 그대로 터져 버리고 말지도 모르겠다는 생각이 들 정도다. 그런 데는 김강한이 난감해지고 만다. 저러다 룽이 정말 죽기라도 한다면? 그도 사뭇 곤란한 입장에 처하게 될 것이 아닌가?

훨씬 더 심한 수법도 얼마든지 있다

"이봐! 자꾸 이렇게 나오면 곤란해? 진짜로 심하게 손을 쓸 수밖에 없다고?"

김강한이 잔뜩 찌푸린 채로 뱉는다. 룽이 알아듣건 말건 상관없다. 어쨌든 괜히 하는 말은 아니다. 지금까지도 그가 룽에 대해 심하게 손을 쓴 편이 아니라고 하긴 좀 그렇다. 그러나 훨씬 더 심한 수법도 얼마든지 있는 것이다. 예컨대 그는 룽의 내부 기혈과 경락을 파괴시켜 버리는 수법에 대해서도 알고 있다.

당장에 외단이 더욱 응축되며 룽을 묶고 있는 경기의 가닥들로 세찬 진기가 흘러든다. 그리고 그것들이 막 룽의 체내로 유입되려는 찰나인데,

"그만!"

짧고 날카로운 외침이 터진다. 유미다.

진작 좀 하지!

김강한이 일단 진기의 운용을 멈추고 뒤를 돌아본다. 유미가 이쪽을 보고 있다. 그런데 그녀의 시선은 김강한이 아닌 룽에게로 향해 있다. 또한 그런 데서 방금 그녀의 외침 또한 김강한이 아닌 룽에게 한 것일까? 그런 중의 다시 한순간이다.

'어떻게 된 거지?'

김강한은 퍼뜩 상황이 변화했음을 감지한다. 룽이다. 폭주 중이던 그가 문득 조용해진 것이다. 마치 방금 유미의 그 짤막한 외침이 어떤 절대의 명령이라도 되는 듯이 말이다. 다만 외단에서 여전히 완강한 버팀이 느껴지는 것에서, 룽이 아주 저항을 포기한 것은 아니다. 다만 폭주를 멈춘 것이다.

"그만해요!"

유미가 다시 말을 건네고 있다. 좀 전과 달리 확연히 부드럽고 호소력 짙은 목소리다. 그리고 그녀의 그 말은, 이번에는 확실히 룽을 향해 한 것이다. 그런데 순간, 외단에서 느껴지던 저항력이 서서히 사라지기 시작한다. 더불어 룽의 시뻘겋던 눈과 얼굴색 등도 빠르게 가라앉으며 안정을 찾아간다.

'뭐지?'

김강한이 다시금의 의문을 품어보지 않을 수 없다. 그대로 터져 버리고 말 듯이 폭주하던 룽을, 단 두 마디의 말로 얌전하게 만들어 버리다니?

또한 그런 데서는 푸념이 생기지 않을 수 없다.

'그럼 지금까지 왜 보고만 있었던 거야? 진작 좀 하지!'

당신이 더 괴물 같은걸요?

또각!

또각!

유미의 구두 소리가 조용해진 실내의 대기를 선명하게 울린다.

"이제 괜찮을 거예요!"

그 소리에는 김강한이 이윽고 묻지 않을 수 없다.

"어떻게 한 거요?"

그러나 유미는 대답하는 대신에 룽을 살피는데, 그 찬찬한 시선이 마치 관찰이라도 하듯이 꼼꼼해 보인다. 그런 데는 김강한이 괜히 켕기는 심정으로, 슬그머니 외단을 거두어들인다. 그러고는 짐짓 새삼스레 놀랍다는 시늉으로 룽을 가리키며 다시 묻는다.

"이 괴물은 대체 뭐요?"

그러나 유미가 이번에도 대답을 하지는 않고, 시선을 김강한에게로 고정시키며 응시한다. 김강한이 다시금 괜스레 움찔하는 심정으로 되고 말 때다. 그녀의 눈빛에 문득 묘한 웃음기가 녹아든다. 그런 데는 그가 다시금 섬뜩한 기분으로 되고 만다.

'이 여자는 왜 또 이러지?'

다시 그때다. 그녀가 슬쩍 그의 곁으로 다가들며 속삭이듯이 나직하게 말을 건넨다.

"제가 보기엔 당신이 더 괴물 같은걸요?"

가히 투철하다

김강한이 전광의 결박을 풀어준다. 그러자 전광은 피가 낭자한 얼굴을 손바닥으로 대충 쓱 닦아내고는, 벌떡 일어선다. 그런 걸로 봐서는 엉망인 몰골치고는 어디가 부러지거나 크게 다친 곳은 없는 모양이다.

전광이 힐끗 김강한을 본다. 그런데 치레라도 고맙다는 표시는 조금도 없이, 오히려 날카롭게 노려보는 눈빛이다. 그러더니 전광이 다시 빠르게 주변을 훑어보는데, 무언가를 서둘러 찾는 기색이다.

그때 가까이로 다가선 유미가 전광에게 물건 하나를 건넨다. 권총이다. 애초에 전광의 것이던! 바닥에 나뒹굴던 것을 그녀가 챙겨두었던 모양이다. 전광이 낚아채듯이 권총을 받아서는 허리춤으로 갈무리한다. 그러고는 아무 일도 없었다는 듯이 성큼성큼 김찬의 곁으로 가서는, 무표정한 채로 우뚝 버티고 선다.

김강한이 가만히 고개를 가로젓는다. 전광이라는 인물! 하여튼 마음에 드는 구석이라고는 손톱만큼도 없는 캐릭터다. 그러나 어쨌든 김찬에 대한 충성심 하나만큼은 인정해 주지 않을 수 없다. 가히 투철하다.

어깨들은 이미 보이지 않는다. 김강한과 룽이 격돌하고 있는 와중에 모두 도망을 친 것이리라! 김찬이 묵묵히 가게의 입구로 향한다. 그의 그런 모습에서는 생각 이상으로 커져 버린 일련의 사태에 대해, 자신으로 인한 원인도 있다는 점을 일말이라도 인정하는가 싶기도 하다.

왜 나더러 치우라는 거야?

상황은 아직 끝나지 않은 것 같다. 김강한 일행이 막 스시가게 이타마에를 나설 때다. 가게 앞에서부터 엘리베이터까지의 제법 넓은 공간이 사람들로 가득하다. 사십여 명은 넘어 보이는 그 한 무리의 사내들은 한눈에도 한 덩치씩 하는 체구들과, 결코 호의적으로는 보이지 않는 사나운 표정과 매서운 눈빛들에서, 아무래도 좀 전의 어깨들과 무관하지 않아 보인다. 아마도 놈들의 패거리가 죄다 모여든 모양새다.

전광이 역시나 같은 판단에 이르렀던 모양이다. 그가 곧장 앞으로 나서는데, 그러나 김강한이 이제는 굳이 말리고 싶지도 않다.

"너희들 뭐이가?"

전광이 억센 투로 호통을 친다. 그러자 사내들 예닐곱이 성큼 나서면서 일렬로 벽을 치듯이 전광의 앞을 가로 막아선다.

"간나 새끼들! 비키지 않으면 쏴버리갔어!"

전광이 곧장 권총을 꺼내 겨눈다. 이미 한번 다구리를 당해봤던 때문이겠지만, 그에게서는 여차하면 방아쇠를 당겨 버리겠다는 단호함이 비친다.

그런데 그때다. 앞을 막아섰던 그 예닐곱의 사내들이 좌우로 비켜선다. 그리고 그 사이로 다른 대여섯 명이 앞으로 나서는데, 그들 모두의 손에 권총이 들려 있다. 그런 데야 전광이 일순 당황하고 말 때다. 권총 든 사내들 가운데서, 짙은 선글라스를 쓴 사내 하나가 사뭇 느긋한 목소리로 뱉는다.

"어이! 그 쏘지도 못할 장난감은 내려놓는 게 어때?"

전광이 설핏 김찬 쪽을 돌아본다. 그러자 김찬의 시선은 곧장 다시 김강한에게로 향한다. 그런 김찬의 눈빛이 가볍게 흔들리는 느낌을 받으면서, 김강한이 천천한 시선을 룽에게로 준다. 룽은 여전히 얌전한 기색이다.

이어 김강한은 다시 유미에게로 시선을 준다. 그러자 유미가 가만히 몸을 붙여온다. 그러곤 그의 귓가에다 대고 속삭이듯이 말을 한다.

"이 상황은 아무래도 당신이 해결을 해주어야겠어요!"

그녀의 숨결이 귀를 간질이면서, 일순 여러 가지의 갑작스러운 상상들을 파급시킨다. 그러나 김강한이 가장 우선적으로, 그리고 가장 크게 실감하게 되는 것은 불만이다.

'내가 왜……? 지들이 실컷 싸놓은 똥을, 왜 나더러 치우라는 거야?'

정말로 칼이 안 들어가는지

"권총 바닥에다 내려놔!"

김강한이 전광에게 툭 던지듯이 하는 말이다. 마지못해서 개입한다는 기색을 굳이 감추지 않은 채로!

전광의 눈길이 다시금 김찬에게로 향한다. 김찬의 고개가 까딱 움직인다. 그런 데는 전광이 천천히 허리를 굽히더니, 얌전히 바닥에다 권총을 내려놓는다. 사내들 중의 하나가 재빨리 와서 권총을 거두어 간다.

"뒤로 물러나 있어!"

김강한의 이번 지시에 대해서는, 전광이 김찬의 뜻을 확인할 것도 없이 굳은 표정인 채 뒤로 물러난다. 이어 김강한이 선글라스 사내와 마주한다.

"오해가 좀 있었던 것 같은데, 우리 좀 진정하고 찬찬히 대화로 문제를 풀어봅시다!"

김강한으로서는 최대한의 호의적인 느낌을 담아서 건네는 말이다. 그러나 선글라스 사내의 입꼬리가 가볍게 말린다. 실소라도 짓나 싶은데, 사내가 차갑게 반응한다.

"헛소리는 됐고! 우리 애들을 건드린 만큼, 너희들도 대가를 치르면 돼!"

이어 선글라스 사내가 자신의 뒤를 향해 나직이 외친다.

"야! 그거 가지고 와라!"

뒤쪽에서 사내 하나가 일본도 한 자루를 들고 온다. 일본도를 받아 든 선글라스 사내가 그것을 지팡이처럼 짚고는, 김강한의 어깨너머를 향해 외친다.

"어이, 거기!"

룽을 향해서다.

"니 배때지에 칼이 안 들어간다고 하더라? 그래서 특별히 잘 드는 칼을 한 자루 가지고 왔다! 정말로 칼이 안 들어가는

지, 한번 찔러보려고! 그리고 배때지에 칼이 안 들어가면, 모가지도 한번 쳐보려고! 배때지가 두껍다고 모가지까지 질긴 건 아니겠지? 아! 혹시 모가지도 안 잘리면, 그다음엔 니 대가리에다 총알을 한 방 박아줄게!"

말끝에 선글라스 사내가 가볍게 치열을 드러내 보인다. 소리 없이 웃는 것이리라! 그러나 룽이 아무 반응을 보이지 않자, 선글라스 사내는 다시 차갑게 외친다.

"야! 저 새끼 이리로 끌고 와!"

우리 이쯤 합시다!

사내들 셋이 룽을 향해 나설 때다. 김강한이 성큼 그들의 앞을 가로막아 간다. 그리고,

파~팟!

가벼운 타격 소리와 함께 사내들 셋이 동시이다시피 풀썩거리며 바닥으로 주저앉는다. 십팔수가 일순간에 폭발하듯이 펼쳐진 것이다. 다만 워낙 순식간에 벌어진 상황이기에 가까운 곳에서 지켜보는 눈들조차도 사내들이 어떻게 당했는지를 알지 못할뿐더러, 무슨 상황이 벌어진 것인지를 실감하는 데도 약간의 시간을 더 필요로 하는데, 그 틈이다.

스~슷!

김강한이 바닥을 미끄러지는 것처럼 나아간다. 보결이다. 이어 그가 선글라스 사내에게서 권총을 낚아채고, 다시 그 목을 한 팔로 휘감으며 가까운 쪽의 벽을 향해 쭉 미끄러져 나가기까지는 그야말로 찰나가 소요되었을 뿐이다.

그제야 상황을 인식한 사내들이 화들짝 대응에 나서는데 우선, 권총을 지닌 다섯 명이 일제히 김강한을 향해 총구를 겨눈다. 그러나 그때는 김강한이 이미 선글라스 사내를 방패 삼아 앞으로 세우고, 다시 그의 머리에다 권총을 들이대고 난 다음이다.

"컥……!"

김강한이 선글라스 사내의 목을 조인 팔에 슬쩍 힘을 가하자, 사내가 숨 막히는 비명을 토해낸다. 김강한이 조금쯤 느슨하게 힘을 풀어준다. 그리고 이제 호의적인 느낌을 줄 수는 없게 되었을망정, 그래도 나름의 성의를 갖춰 말을 건넨다.

"말했지만 서로 간에 오해가 좀 있었던 것뿐이고, 그러다 보니까 우발적으로 일이 좀 커지긴 했소! 그렇지만 기왕에 끝난 일인데, 다시 사람을 칼로 찌르고 총으로 쏘고 할 것까진 없지 않겠소? 우리 이쯤 합시다! 오늘 다친 사람들 치료비는 최대한 드릴 테니까, 오늘 재수가 좀 없었다고 치고, 그냥 이 정도쯤에서 마무리하자고요!"

그러나 선글라스 사내가 악다문 잇소리를 질러낸다.

"그렇게는 안 되지, 새끼야! 그렇게 쉽게 봤다면, 사람 크게 잘못 본 거야, 개새끼야!"

그 이름들을 다 꿰고 있다는 것만으로도

"후우~!"

가볍게 한숨을 내쉰 김강한이, 선글라스 사내에게 나직이 묻는다.

"혹시 양조연이라고 아시오?"

"뭔 개수작이야?"

사내가 거칠게 받아친다.

"그럼 문장근은 아시오?"

"……."

사내가 아예 대답을 하지 않지만, 김강한이 개의치 않고 계속해서 묻는다.

"남대식은?"

"……."

다시 대답이 없는가 싶더니, 그때다. 사내가 문득,

"지금 뭐 하자는 거야?"

하고 반응을 해온다. 여전히 날카롭더라도, 지금까지와는 다소 다른 뉘앙스다. 아마도 그제야 김강한이 계속 묻고 있는 저의에 대해 최소한 의문을 가지게 된 것이리라! 그 몇몇의 이름들이야말로, 전국구 3대 메이저 조폭인 국제파와 오리엔탈파, 그리고 로타리파 보스들의 이름이다. 그리고 그 이름들을 다 꿰고 있다는 것만으로도, 그저 무시로만 대할 일은 아닐 터이다.

대충은 눈치를 긁었을 것 아니오?

김강한이 느슨하게 조이고 있던 선글라스 사내의 목을 아예 풀어준다. 그리고 잠시 지켜보는 것으로 사내가 곧장 거칠게 돌변할 기세가 아니란 것과, 또한 그의 부하들이 당장에 어떤 행동에 돌입하지는 않는 것까지를 확인한 뒤에, 은근한 투로 다시 말을 건넨다.

"이쯤 됐으면, 당신도 대충은 눈치를 긁었을 것 아니오? 우리가 좀 특수한 쪽에서 일을 하는 사람들이라는 것에 대해서 말이오! 그리고 일이 이쯤 커졌으니 이제 곧 경찰이 출동할 텐데, 그럼 우리로서도 조금은 난처한 입장이 될 테지만, 그쪽도 별로 유쾌한 상황은 아니지 않겠소? 자! 그러니까 우리 이쯤에서 마무리하고, 각자 째지는 걸로 합시다! 오케이?"

그러나 선글라스 사내는 대답을 하지 않고, 딱딱하게 얼굴을 굳히고 있을 뿐이다. 그런 데 대해서는 김강한이 슬쩍 휴대폰을 꺼내 들며 말을 보탠다.

"내 말에 대해 여전히 믿음이 부족하다는 거요? 오케이! 그렇다면, 방금 말한 사람들 중의 하나와 지금 바로 통화를 하게 해주면 되겠소?"

그 말에 선글라스 사내가 설핏 표정의 변화가 생기는 걸 보고, 김강한이 곧장 단축번호를 누른다.

"어디요? 조 대표!"

전화 저쪽에서 굵은 목소리가 묻는다. 이철진이다.

"제가 좀 급해서 그러니 이유는 묻지 마시고, 지금 바로 남대식 회장과 통화 연결 좀 시켜주세요! 이 전화로!"

김강한이 일방적으로 제 할 말만 하는데, 그에 대해서 이철진이 곧장,

"알겠소!"

하고 받는다. 그런 데서는 의문을 가지기보다는 차라리 명쾌한 느낌마저 묻어난다.

"그럼 기다리고 있겠습니다!"

김강한이 전화를 끊고 묵묵히 기다린다. 선글라스 사내가 또한 묵묵한 모습으로 김강한을 지켜보고 있다.

도움이 되는 일이라면

2분쯤이나 지났을까?

부르르!

김강한의 휴대폰에 진동이 울린다. 통화 버튼을 터치하자 저쪽에서 먼저,

"남대식올시다!"

하고 중후한 저음의 목소리가 흘러나온다.

"아, 회장님! 접니다!"

"반갑소! 조 대표! 근데 어쩐 일이시오? 이 늙은이한테까지 연락을 다 주시고?"

"예! 급하게 부탁을 좀 드릴 일이 생겨서요!"

"그래요? 뭡니까? 조 대표에게 도움이 되는 일이라면, 무엇이라도 기꺼이 해드려야지요!"

"감사합니다! 회장님! 그럼 본론만 간단히 말씀드리겠습니다! 지금 제 옆에 한 사람이 있습니다! 전화를 바꿀 테니, 그 사람에게 오늘은 이유 여하를 막론하고 무조건 저한테 양보를 하라고 설득을 좀 해주십시오!"

느닷없는 말에 대해서 남대식 회장이 곧바로는 납득이 되지 않는지, 잠시의 침묵 끝에야,

"허허!"

하는 웃음소리를 흘린다. 그러고는 담담한 목소리로 말을 이어낸다.

"무슨 사정인지는 모르겠으나, 알겠소! 조 대표의 부탁이니, 한번 해보도록 합시다! 그 사람을 바꿔주시오!"

"그럼……!"

김강한이 선글라스 사내에게 휴대폰을 내민다. 사내가 잠시 망설이는 기색 끝에 휴대폰을 건네받고는 조심스럽게 말을 꺼낸다.

"여보세요?"

…….

"정말……. 남대식 회장님이십니까?"

…….

"혹시……. 한동율이라고 아십니까? 목포 출신인데……! 예전에 회장님과 특별한 인연이 있었다고 들었습니다!"

…….

"예! 맞습니다! 그분! 제가 큰형님으로 모셨던 분입니다!"

…….

"예!"

…….

"예!"

…….

짧은 대답이 몇 차례 더 이어지더니, 사내가,

"알겠습니다! 회장님께서 이렇게나 당부를 하시니, 말씀대로 따르도록 하겠습니다!"

하고는 불쑥 김강한에게 휴대폰을 돌려준다.

"여보세요?"

김강한이 통화를 이으려 하지만, 전화는 이미 끊어진 뒤다. 선글라스 사내는 다시 딱딱하게 인상을 굳히고 있다. 그런 사내를 흘깃 한 번 보고 난 뒤, 김강한이 저쪽의 김찬과 유미를 향해 짐짓 조심스럽다는 투로 말을 던진다.

"자! 우린 이만 갑시다!"

그러자 그들이 미처 움직이기도 전인데, 통로를 메우고 있는 사내들에게서는 대번에 날카로운 긴장이 증폭된다. 보스인 선글라스 사내로부터 지시가 없는 이상, 길을 비켜줄 기색들이 전혀 아니다. 그런데 그때다.

"보내 드려라!"

선글라스 사내가 짧게 외친다. 그리고 그 한마디에 사내들이 일제히 좌우로 비켜나면서 길을 틔운다.

그런데 김찬 등이 재빨리 엘리베이터를 향해 움직일 때다. 전광이 슬쩍 옆으로 빠지더니, 사내들 중의 누군가를 향해 잰 걸음으로 다가간다.

그러곤 불쑥 손을 내민다. 그러자 그 사내가 쓴웃음을 짓더니, 선글라스 사내 쪽을 힐끗 한 번 돌아보고 나서 권총 한 자루를 전광에게 내준다. 물론 본래 전광의 것이었던 물건이다.

제대로 된 경험

엘리베이터를 타고 1층으로 내려오자 어디선가 사이렌 소리가 들리는데, 아직은 좀 먼 느낌이다. 그러나 김강한 등이 서둘러 건물 바깥으로 나서자, 도로 저쪽 끝의 모퉁이를 돌아서 경찰차들이 줄지어 달려오고 있다.

김강한에게로 향하는 김찬과 유미의 시선에서 설핏 곤란과 조급의 느낌이 감지된다. 김강한이 짐짓 걸음을 서두르며 건물 뒤쪽의 이면도로를 향해 방향을 튼다. 그러자 김찬 등도 덩달아서 걸음을 빨리하며 김강한의 등 뒤를 바짝 따라붙는다.

김강한이 슬그머니 싱거운 웃음기를 머금는다. 김찬 등으로서는 그야말로 제대로 된 경험을 하고 있는 셈이다.

제13장
—
상생(相生)

건배

"한잔 더 합시다!"

안가로 돌아온 후 모두가 말이 없던 중에, 김찬이 불쑥 던지는 말이다. 그러나 누구도 좋다 싫다 반응을 보이지 않자, 그는 다시,

"조 선생! 아까 보니까 그 정도론 양이 차지 않는 것 같던데, 우리 제대로 한번 마셔봅시다!"

하고 슬쩍 김강한을 끌어들인다. 그러곤 역시나 그답게, 김

강한의 말은 들어보지도 않고 곧장 말을 이어낸다.

"내가 술 좋아한다는 소문이 여기까지 났는지, 요 며칠 새 손님들이 선물로 가져온 술이 제법 되오!"

그리고 그가 가볍게 해 보이는 손짓에, 전광이 재빨리 가서는 커다란 바구니에다 와인쯤으로 보이는 술병 네 개를 담아 온다. 또 그사이에 주방으로 간 유미가 와인 잔 몇 개와 간단한 안주거리를 챙겨 온다.

"이거 가지고 되겠나? 있는 것 다 가지고 오라! 어차피 가지고 갈 것도 아니니까, 오늘 전부 다 마셔 버리자!"

김찬이 제대로 기분을 낼 모양이다. 전광이 얼른 다시 가더니 이번에는 바구니가 꽉 차도록 술병을 담아 오는데, 그 수가 열 개는 넘어 보인다. 그리고 술병의 모양으로 봐서 이번에는 위스키 종류도 반 너머 섞인 것 같다.

김찬이 일단은 와인 한 병을 따서는 직접 모두의 잔을 채워준다.

"평상시 내가 즐기는 종류가 아니란 건 좀 섭섭하지만, 거 옛말에도 있지 않소? 어떤 술을 마시는가 하는 것이 중요한 것이 아니라, 누구와 마시는지가 더욱 중요하다고! 자! 오늘 우리가 어쨌든 기억에 남을 만한 일을 함께 겪은 것을 기념하며, 모두 건배!"

그리고 단숨에 잔을 비운 김찬은, 잔을 뒤집어 잔이 비었음을 확인시킨다. 그런 데는 나머지 사람들이 또한 똑같이 따르지 않을 수 없다. 이어 김찬이 돌아가면서 건배 제의를 하라고 시키는 통에, 술잔이 계속 채워지고 비워진다.

별일

전광에게서 설핏 힘든 기색이 비치는 것 같다. 안 그래도 온통 붓고 멍든 상처들로 가득한 얼굴인데, 술기운이 더해지면서 점점 못 볼 꼴로 변해가는 탓일까? 김찬도 그걸 보았는지 건배가 한 바퀴 돌고 나서부터는 고갯짓으로 전광을 빼준다. 그리고 다시 얼마간 잔이 더 돌았을 때다. 김찬이 얼큰하게 취한 시늉으로 자리에서 일어선다.

"난 그만 쉬러 갈 테니, 당신들은 더 마시라! 오늘 밤은 이런 저런 걱정들 다 내려놓고 양껏 마셔보라!"

그런 김찬을 따라서 전광이 튕기듯 벌떡 일어선다. 그러나 김찬이 짐짓 단호한 손짓으로 지시한다.

"그대로 있으라! 당신까지 빠지면 분위기가 깨지지 않간? 나는 괜찮으니까, 당신은 여기 남아 있으라!"

이어 김찬이 벙커 쪽으로 향하는데, 걸음걸이가 조금쯤 비틀거리는 모양새다. 김강한이 조금의 시차를 두고 일어서서 천천히 김찬의 뒤를 따른다. 벙커의 문을 열어주기 위해서다.

벙커 출입문의 비밀번호를 그가 인계받은 때문이다. 그런데 그의 뒤를 전광이 슬그머니 따라나선다. 김찬이 괜찮다고 그냥 남아 있으라고는 했지만, 그래도 자신의 본분을 다하겠다는 것일까? 하긴 그래야 전광답다고 할 것이다.

벙커에 다다랐을 즈음에 김찬의 걸음은 완연한 갈지자로 된다. 빠르게 취기가 오르는 모양이다. 그러나 김강한은 물론이고, 전광도 김찬을 부축하지 않는다. 김강한이 며칠 동안 관찰한 바로, 김찬은 다른 사람과 신체가 접촉되는 것을 몹시도 꺼리는 것 같았고, 그런 것은 자신의 오래된 측근인 전광에게도 마찬가지였다.

벙커의 문이 열리고, 김찬이 안으로 들어간다. 그리고 다시 벙커의 문이 닫히는 것을 확인하고 나서, 김강한이 거실 쪽을 향해 돌아 나갈 때다. 전광이 역시나 그의 뒤를 따르고 있다. 별일이다. 지난 며칠간 한 번도 예외 없이, 김찬이 벙커로 들어가고 난 뒤에는 그 문 앞에다 소파를 끌어다 놓고 지켜왔는데 말이다.

술고래들 싸움에

"와인은 영 싱거워서리……!"

전광이 마시던 와인병을 한쪽으로 밀치더니 새 술병의 마개를 딴다. 위스키다. 김강한이야 굳이 마다할 까닭이 없다. 그래서 그가 전광이 하는 모양을 그냥 보고만 있을 때다. 문득 유미가 룽 쪽을 향해 가볍게 눈짓을 준다.

유미의 그런 눈짓에 대해서는 김강한으로서도 가볍게나마 공감을 할 만하다. 룽이 아무리 괴물 같은 신체를 가졌다고는 해도, 불과 몇 시간 전에 지극히 비정상적이고도 극단적이라고 할 폭주 현상을 겪었지 않던가? 그러니 겉으로는 멀쩡해 보여도, 내부로는 필시 결코 가볍지 않은 내상을 입었거나 후유증이 남았으리라는 우려를 하는 것일 터다. 더욱이 룽이 이미 여러 잔의 와인을 연이어 비워냈으니, 이제 다시 독한 위스키로 재개되려는 술판에는 끼지 말라는 만류이리라!

룽이 슬그머니 자리에서 일어선다. 그러고는 한쪽 옆으로 떨어져서 앉는데, 그 정도면 자신은 이제 그만 마시겠다는 의사 표시로 충분하다고 하겠다. 그런 룽에 대해 전광은 전혀 개의치 않는다는 듯이 시선조차 주지 않는다. 그때다.

"호호호!"

유미가 나직한 소리로 웃고는,

"술고래들 싸움에 저 같은 새우는, 아무래도 끼지 않는 게 좋겠죠?"

하며 김강한을 향해 한쪽 눈을 찡긋해 보인다. 그런 유미의 눈짓에서, 그리고 역시 개의치 않는다는 듯한 전광의 반응에서, 김강한은 어렵지 않게 짐작을 해본다. 전광이 술고래라는 소리를 들을 만큼의 주당이리라는 사실을!

콜? 콜!

"잔을 바꿀 필요 있을까요?"

유미가 불쑥 묻고 있다.

'와인 잔에다 그대로 마시라고? 위스키를?'

김강한이 놀랄 것까지는 아니지만 가볍게 의아한데, 전광이 피식 실소하는 모양새로 그를 본다. 이를테면,

'콜?'

그런 정도의 뜻이리라! 김강한으로서야 또한 굳이 마다할 까닭은 없다. 그러나 우선은 유미에게 궁금하다. 왜 충동질인가? 정말로 술고래들 싸움판을 만들려 하는가? 정작 자신은 마시지도 않겠다면서 말이다. 흘깃 보는 김강한의 눈길에 대해, 유미가 생글거리는 미소로 받는다.

"전 딜러로 낄게요!"

딜러? 술을 부어주겠다는 것이리라! 그녀 같은 미인이 술을 따르겠다는 데야, 마다할 까닭은 더욱이 없을 일이다. 그렇더라도 김강한이 전광을 향해 가볍게 턱끝을 들어 보인다. 이를테면,

'나야 뭐, 이렇게 마시든 저렇게 마시든 상관없지만, 당신은 정말로 괜찮겠어?'

하는 정도의 뜻으로다. 아까 전광의 실소와 시선에 대한 대답 격이기도 하고! 그런데 전광이 또 어떻게 받아들였던지 시큰둥하게 뱉는다.

"이딴 거이, 뭔 술이가? 맹물이지!"

심하다. 허세라고 치고도 말이다. 40도는 넘을 위스키를 맹물이라니? 그러나 역시 그런 데까지 상관할 까닭은 없으리라! 김강한이 가볍게 어깨를 으쓱해 준다. 이를테면,

'콜!'

하는 정도의 표시인데, 유미가 찰떡같이 알아들었는지,

"자! 그럼 술잔 채웁니다!"

하고 선뜻 위스키병을 들어서는, 전광의 잔부터 채운다. 가득히!

비우라우!

다시 와인 잔에 위스키가 채워진다.

"더! 더! 더!"

전광이 나직이 외친다. 잔을 채울 때마다, 찰랑거리는 술이 잔을 넘칠 듯 말 듯 찰 때까지 계속해서 주문처럼 외쳐댄다.

그러곤 김강한의 잔이 똑같이 채워지기를 기다렸다가,

"비우라우!"

한마디를 하곤, 곧장,

벌~컥!

벌~컥!

숨도 쉬지 않고 잔을 비워 버린다. 그렇게 사뭇 전투적인 전광에 비해 김강한은 여유롭다.

그는 즐기고 있다. 독주(毒酒)와, 그리고 어느 순간부터 흥미롭다는 기색을 굳이 감추지도 않은 채 그에게로 고정시켜 놓고 있는 유미의 시선도!

"더! 더! 더!"

"비우라우!"

벌~컥!

벌~컥!

…….

"더! 더! 더!"

"비우라우!"

벌~컥!

벌~컥!

…….

어느 틈에 빈 병이 수북하다. 그리고 그야말로 맹물을 들이켜듯이 사뭇 맹렬한 기세로 독주를 들이켜 대던 전광의 몸이 어느 순간부터 흔들리기 시작한다. 그리고 다시 얼마 지나지 않아서 이윽고는,

꾸벅!

인사라도 하듯이 머리를 아래로 처박고 만다. 그러나 다음 순간 전광은 다시 번쩍 고개를 쳐들더니, 이어,

벌떡!

몸을 일으킨다. 그러곤 힘겹게 걸음을 옮긴다. 두 눈이 완전히 풀린 채로다. 금방이라도 고꾸라질 듯이 겨우 한 걸음을 떼고는 힘겹게 중심을 잡고, 다시 또 힘겹게 한 걸음을 옮겨 놓는 그의 모습이 위태로우면서도 안타깝기까지 하다.

그런 전광에 대해 유미는 염려는커녕 아예 관심조차 없는 듯하다. 시선조차도 주지 않고, 김강한의 빈 잔을 다시 채우고 있다. 룽이 무표정한 채로 잠시간 전광의 움직임을 좇지만, 그 역시 이내 원래의 무심함으로 돌아간다.

김강한 또한 굳이 상관하지 않고, 느긋하게 잔을 비워낸다. 전광이 어떻게 할지는 충분히 짐작할 수 있다. 그는 벙커로 갈 것이다. 아무리 만취했더라도, 도저히 걸을 수 없다면 바

닥을 기어서라도, 그는 기필코 벙커 앞까지 갈 것이다. 의식을 놓더라도, 필사적으로 그곳까지 가서야 이윽고 쓰러질 것이다.

"당신은 정말 괴물 같아요!"

유미가 불쑥 뱉는 그 말에는 김강한이 저도 모르게 움찔하고 만다. 처음 듣는 소리도 아니다. 스시 가게에서 그녀가 이미 한번 말했던 바가 있다, 룽보다 그가 더 괴물 같다고! 그런데 지금 유미는 묘한 미소까지 떠올린 채다.

'묘하다……!'

마치 사람을 빨아들이는 듯하다. 부지불식간에 어떤 충동을 솟구치게 만드는 듯하다. 그가 그 갑작스러운 충동을 슬그머니 억누르는데, 그것은 문득 무언가 익숙한 느낌이기도 하다.

즉사

드르~릉!

가늘게 코 고는 소리가 울린다. 전광이다. 그는 벙커의 문에 기대앉은 채로 잠들어 있다. 비록 벙커 안에까지 들릴 리는 없지만, 그래도 김찬이 자고 있는 곳 앞에서 감히 코 고는 소리를 낸다는 자체만으로, 전광은 지금 인사불성으로 곯아

떨어진 모양새다. 그런데 한순간! 전광이 두 눈을 번쩍 뜬다. 마치 무언가의 기척에 반사적으로 반응을 보이는 듯이!

"뭐이가……?"

취기 가득한 소리로 중얼거리면서도, 벌겋게 충혈된 그의 두 눈이 주변 사방을 훑는다. 그러나 특이하달 만한 상황은 없어서, 그의 두 눈이 다시 감긴다. 그런데 그때다.

"커… 억!"

그가 갑작스럽게 답답한 비명을 토해내더니, 목을 감싸 쥐며 옆으로 넘어간다. 그러곤 두 눈을 부릅뜬 채로 움직임을 멈추고 만다. 아연하게도 즉사(卽死)다.

그의 목젖 어림에 무언가가 꽂혀 있다. 쇠털 굵기의 그것은 마치 살아 있는 듯이 꼬물대며 빠르게 살 속으로 파고들어 가는 중이어서, 이제는 그 끝부분만 겨우 보일 뿐이다.

각자가 알아서 감당하랄 수밖에!

탁!

들고 있던 술잔을 가볍게 내려놓는 김강한의 얼굴이 가볍게 굳는다. 유미의 얼굴에도 또한 설핏 긴장이 서리는데, 그런 그녀의 곁에로 어느 틈엔지 룽이 다가와 있다. 그들은 모두 느낀 것이다. 그들이 있는 공간 내로 무언가 음울하고도 칙칙한 기운이 들어섰다는 것을! 그 순간이다.

피피피~핏!

희미한 파공성이 잇달아 생겨나면서, 한 무리의 무엇인지 알아보지도 못할 미세한 물체들이 날카롭게 날아든다.

'적이다!'

찰나의 시선 교환에서 함께 경각하는 동시에, 룽이 지체 없이 유미의 몸을 자신의 품 안으로 끌어당겨 감싸듯이 하고는 곧장 주방 쪽으로 달려간다. 한편 김강한은 앉은 채로 고스란히 피격을 당하고 나서야, 천천히 자리에서 일어선다. 그런 그의 몸 주변으로,

투두~두~둑!

하고 한 줌이나 되는 무언가가 바닥으로 떨어져 내린다. 무채색의 투명에 가까운 그것들은 바늘보다도 가늘고 작다. 그런데 다시 그때다. 주방 쪽에서 유미가 뭐라고 날카롭게 외치는 소리가 들린다. 그럼으로써 안가 안으로 침입한 적은 최소한 둘 이상으로 파악이 된다. 아직 모습을 드러내지 않은 채 암기로 그를 공격한 적과, 주방 쪽에서 유미와 룽이 맞닥뜨리고 있는 또 다른 적!

그러나 김강한이 주방 쪽으로까지 주의를 돌릴 여유는 없다. 물론 유미와 룽에게 충분한 능력이 있다는 믿음도 있다. 룽의 괴물 같은 면모야 그가 이미 보았던 바다. 그리고 유미

또한, 지금까지의 정황들에서 그녀가 적어도 스스로를 지킬 정도의 능력은 지니고 있으리라 짐작해 볼 수 있는 것이다. 어쨌거나 각자가 맞닥뜨린 적은, 각자가 알아서 감당하랄 수 밖에!

다행인 것은 김찬이 벙커 안에 있다는 점이다. 안가를 공격한 적들의 목표는 김찬이기 쉬울 것인데 말이다. 다만 이런 와중에도 아무런 동향이 없는 전광의 안위가 걱정되기는 한다. 그러나 그 또한 스스로 알아서 감당하기를 바랄밖에는!

암기 공격

파파~팟!

다시 수십, 수백의 날카로운 예기들이 날아든다. 그러나 그것들은 김강한의 주위로 겹겹의 막을 형성한 외단에 부딪치며,

퉁~!

투투~퉁!

하는 울림의 소리를 내고는 사방으로 튕겨난다. 이번에는 콩알 크기의 쇠구슬처럼 생긴 물체들인데, 마치 모종의 발사체에서 쏘아진 듯이 강력한 위력이다. 그런데 다시 그때다.

츠츠~츠~츳!

무언가가 공기를 베어내는 듯이 맹렬한 회전을 동반하며 김강한에게로 날아온다.

파바~바~밧!

그 회전체들은 외단의 막을 두어 개쯤이나 파고들고서야, 동력을 잃고 바닥으로 떨어진다. 나뭇잎 크기에 아주 얇은 칼날처럼 생긴 물체들인데, 외곽을 이루는 칼날 부위에서 파르스름한 광채의 섬뜩한 예기를 뿌려내고 있다.

김강한이 이윽고 움직이기 시작한다. 이미 파악된 두 방향 외에는, 더 이상의 적이 없다는 것을 확인한 다음이다. 그리고 지금 그에게 다양한 형태의 암기로 공격을 퍼붓고 있는 적이 2층에 있다는 사실은, 진즉부터 파악을 하고 있던 바이다. 김강한이 2층으로 오르는 계단을 향해 성큼성큼 걸음을 옮길 때다. 다시 무언가가 그를 향해 날아오고 있다. 그런데 이번의 것들은 기왕의 것들과는 사뭇 다른 형태다.

너~울!

너~울!

느릿할 정도로 천천히 허공을 날아오는 그것들은 마치 몇 마리의 나비가 팔랑팔랑 날갯짓을 하는 모양새다. 그런데 몇 마리가 아니다. 빠르게 숫자가 불어나고 있다. 그러더니 잠깐만에 거실의 공간을 가득 채울 듯해진다. 그러나 어차피 피해 갈 공간도 없으니, 김강한이 외단에 의지한 채로 곧장 앞으로 나아간다.

나비 형상의 그것들이 그에게로 달라붙기 시작한다. 물론 외단의 막 위다. 그러나 딱히 충격이 있거나 날카로움이 있지도 않고 그저 가벼울 뿐이니, 외단의 막으로 튕겨내거나 미끄러뜨리기도 용의하지가 않다.

스스~슷!

스스스~슷!

수백, 수천! 아니, 수만 개일지도 모를 무수한 나비 형상들이 겹겹이 달라붙는다. 그리하여 김강한은 이윽고 무수한 나비 떼에 뒤덮여 버리고 만다. 그리고 다시 한순간!

파~팡!

파파~팡!

나비 형상의 그것들에서 폭발이 일어나기 시작한다. 처음 몇 개의 폭발은 그렇게 강렬하지도 않다. 그러나,

파파~파~팡!

파파~파~파~팡!

폭발이 연이어지면서, 마치 공명(共鳴)이라도 일으키듯이 점점 강한 충격력을 만들어낸다.

쿠~쿵!

쿠~쿠~쿵!

충격의 대부분은 외단이 형성한 겹겹의 막을 지나면서 거

의 흡수되고 완화된다. 그러나 기감으로 전해지는 치열한 여진(餘震)에서는, 그 충격의 강도가 얼마나 강력한지를 여실히 짐작해 볼 수 있다.

송곳니들의 위용

김강한의 허리춤에서 날카로운 기세들이 허공중으로 폭사되어 나간다. 송곳니들이다. 백팔아검의 송곳니들!

"윽……!"

2층의 어딘가쯤에서 희미한 소리가 뱉어진다. 희미하지만 창졸의 경악이 담긴 소리다. 동시에 김강한의 몸 주변을 온통 뒤덮은 채로 폭발을 일으켜 내고 있던 나비 떼들의 기세가 주춤하고, 순간 그의 몸이,

쭉!

허공을 가로지르며 곧장 2층으로 날아오른다. 말할 필요 없이 행결이다.

2층 거실로 들어서면서 김강한은 굳이 조명을 켜지 않는다. 이미 감지하고 있는 것이다. 시야에 잡히지는 않지만, 적이 어디에 있다는 것을! 외단의 기감을 통해서다. 응접 소파 뒤쪽의 벽면이다. 그 칙칙한 어둠 속에 무언가가 벽과 하나가 된 듯이 찰싹 달라붙어 있다. 참으로 기묘하고도 절묘한 은신이다.

김강한은 허공중의 송곳니들을 천천히 선회시킨다. 당장의 공격은 아니다. 공격 이전의 시위이자, 경고다. 송곳니들의 위용은 이미 맛보았을 터! 당장 모습을 드러내지 않으면 가차 없이 공격하겠다는! 저 기묘한 존재가 아무리 절묘한 능력을 지녔다고 해도, 백여덟 개 송곳니의 일제 공격을 감히 감당해낼 수는 없으리라!

투명의 백광화염(白光火焰)

한순간 주변이 어두워지고 있다. 마치 2층 공간 전체에 갑작스럽게 안개가 끼는 듯하다. 안개는 김강한을 중심으로 몰려들며 짙어진다. 그리하여 김강한이 한 무리의 먹구름 속에 갇힌 형상이 되고 만 것은 그야말로 순식간의 일이어서, 그로서는 미처 어떤 대응을 할 틈을 찾지 못한다.

우르~릉!

먹구름 속에서 돌연히 은은한 소리가 울리는데, 마치 뇌성(雷聲) 같다. 그러더니 다시,

쏴아아아~!

하고 무언가가 쏟아지기 시작한다. 비다. 진짜 비는 아니다. 암기의 비다. 쇠털처럼 가늘고 미세한 침들이 마치 폭우가 쏟아지는 것처럼 김강한의 전신으로 무수히 박혀든다. 그리고

잠시 뒤, 먹구름이 열어지더니 이내 사라진다. 암기의 비 또한 그쳤다.

김강한의 전신 윤곽을 따라서 검은 막이 하나 생겨 있다. 그런 그의 모습은 마치 몸에 착 달라붙는 가죽옷을 입은 듯하다.

그런데 자세히 살펴보면 그것은, 예의 그 쇠털처럼 가늘고 미세한 침들이 그야말로 한 점의 빈틈도 없이 빽빽하게 꽂혀서 이루어진 형상이다. 사뭇 끔찍한 광경인 것이다. 그때다. 그 미세한 침들로 이루어진 검은 막의 한 지점에서,

피~싯!

하는 소리와 함께 갑자기 불꽃 한 점이 생겨난다. 그러더니 다시,

화르~륵!

하고 찰나지간에 거센 화염으로 번져간다. 그 붉은 화염은 이내 김강한을 완전히 집어삼키며 맹렬하게 타오른다. 그러더니 화염은 빠르게 청광(青光)으로, 다시 투명한 백광(白光)으로 변해간다. 투명의 백광화염은 엄청난 열기를 발산해 낸다. 그러나 그 맹렬한 열기는 기이하게도, 외부로는 퍼지지 않고 내부로만 응축되면서, 오로지 김강한에게로만 집중이 되고 있다.

처음으로 당해보는 일

짜자~작!

짜자~자~작!

투명의 백광화염 속에서 기묘한 소리가 생겨나고 있다. 외단의 막이 내는 소리다. 그런 데서는 백광화염이 응축시키고 있는 극한의 열기를 견디지 못한 외단의 막에, 이윽고 균열이 생기고 있는 듯하다.

그러나 김강한이 당장에 직접적인 열기의 영향을 받고 있는 건 아니다. 그 기묘한 소리가 외단의 막에 균열이 생기고 있는 징후라고 하더라도 그것은 단지, 외단이 층층 겹겹으로 쌓아놓고 있는 막들 중에서 표층막(表層膜)이 손상되는 것에 불과하다.

다만 그렇다고 하더라도, 그것이 그가 처음 당해보는 일이라는 데서, 크게 놀라고 당황스러울 수밖에 없는 노릇이다.

상생(相生)

[부동신과 금강신, 곧 외단과 내단은 상생의 이치로, 외부의 자극과 충격을 촉매로 삼아 끊임없이 서로를 보완하는 과정을 수행하면서 스스로 강해진다. 그리하여 내단이 천만 번 두드려지면 이윽

고 완전한 금강신에 이르는데, 곧 금강불괴지신(金剛不壞之身)이다.]

김강한에게 이제는 익숙하다 못해 친숙하기까지 한 요결이다. 물론 금강신이니 금강불괴지신이니 하는 것들에 대해서는, 여전히 신뢰가 부족하다.

그러나 적어도 지금 이 순간, 외단과 내단이 외부의 맹렬한 열기를 촉매로 삼아서 서로 상생하며 강해지는 과정은, 사뭇 분명한 느낌으로 그에게 와닿고 있다.

두 개의 외단

두 개의 외단!

외단은 지금 두 개로 분리가 된 중에, 그 각각이 독립적으로 운용되고 있다.

즉, 그의 몸 주변으로 층층의 보호막을 치고서 백광화염의 극렬한 열기로부터 능히 그를 보호하고 있는 외단이 하나! 그것과는 별개로 2층의 전체 공간을 넓게 장악하면서, 백여덟 개의 송곳니를 품고 있는 외단이 또 하나!

그런 것이 사뭇 새롭다고 해야 할 현상이라는 데 대해서는, 김강한이 미처 깨닫지 못하고 있다가 나중에야 문득 인지하게 된다. 그런 뒤늦은 인지는, 그 두 개의 외단이 각각 독립적이더라도 그것을 운영하고 있는 주체는 어쨌든 그 자신이기 때문이리라!

대머리 노인

김강한의 미간이 설핏 좁혀진다. 순간,

파파파~팟!

공간을 가르는 미세한 파공성과 함께 백여덟 줄기의 날카로운 기세가 한 지점을 향해 일제히 폭사된다. 송곳니들이다.

"크으~윽!"

맞은편의 벽에서 무거운 신음 소리가 흘러나온다. 이어 벽이 한 겹 껍질이 벗겨지듯이 출렁이더니,

불쑥!

사람의 형체 하나가 떨어져 나온다. 괴이한 광경이다.

자그마한 체구의 노인이다. 이마에 깊게 파인 주름과, 짧게 기른 턱수염이 온통 새하얗다는 데서 노인은 꽤나 나이가 들어 보인다. 다만 한 올의 털도 없는 대머리와 날카롭게 휘어진 매부리코, 그리고 길게 찢어진 두 눈의 조합은 사뭇 강팍한 인상을 풍기는 데가 있다.

노인의 옷차림은 더욱 괴이하다. 장포(長袍)라고 해야 할까? 혹은 도포(道袍)라고 할까? 회색의 천을 통으로 씌워서 헐렁하

게 몸을 감싸듯이 한 옷차림인데, 그 자락의 끝이 바닥에까지 끌릴 듯이 치렁치렁 늘어져 있다. 그런 데다 그 옷차림의 곳곳에, 그것도 겹겹으로 수많은 주머니들이 주렁주렁 매달려 있다.

밀폐(密閉)

대머리 노인은 경악을 감추지 못하겠다는 표정이다. 혹은 도저히 믿을 수 없다는 불신의 기색도 읽힌다. 그런 중에 노인이 걸친 헐렁한 장포의 색이 변하고 있다. 회색에서 칙칙한 붉은색으로! 피다. 노인의 전신에서 뿜어지는 피가 옷자락으로 흥건히 배어들고 있다.

백팔 개 송곳니의 대부분이 대머리 노인의 전신을 관통하고 지나갔다. 그런 터에도 대머리 노인이 지금 자신의 두 다리로 버티고 서 있는 자체가 놀랍다고 해야 할 것이다. 그러나 치열하게 생사를 다툰 상대라고 하더라도, 막상 대머리 노인의 전신이 피로 흠뻑 젖어가고 있는 광경에서는 김강한이 설핏 당황스러워지고 만다. 그런데 그때다.

펑~!

난데없는 폭발음과 함께 대머리 노인의 주변으로 짙은 회색의 연무가 퍼져 나온다. 김강한이 반사적으로 움찔하지만, 좀 전처럼 암기의 비가 덮쳐드는 건 아니다. 다만 코끝에 설핏 매콤한 냄새가 스치는데, 그 순간이다. 그를 둘러싸고 있는 외단의 막이 찰나의 변화를 일으킨다. 외형으로 드러나는 변화는 아닐지라도, 그것이 막의 내부를 완전한 밀폐(密閉)의 공간으로 만든 것임을 그는 느낄 수 있다. 막 내부로의 공기의 유입조차 막아버린 것이다.

앞이 보이지 않는 짙은 연무 속에서 대머리 노인의 기척이 빠르게 사라지고 있다. 그러나 김강한은 굳이 쫓지 않는다. 이내 연무가 걷힌다. 대머리 노인은 사라지고, 그가 서 있던 바닥에는 피만 흥건하니 고여 있다. 김강한이 가만히 미간을 찌푸릴 때다.

"크~윽!"

아래층에서 묵직한 신음 소리가 들린다. 륭의 것이다. 뒤이어,

"악~!"

뾰족하게 내지르는 유미의 다급한 외침이 울린다. 순간 김강한의 몸이 그대로 허공을 가로지르며 일 층으로 쏘아져 간다.

검기(劍氣)

김강한이 가장 먼저 본 것은 검이다. 아니다. 그 한 자루 검

에서 은은하게 발산되는 투명한 광채다.

'검기(劍氣)?'

순간 스치듯이 지나가는 단어다. 아니, 용어(用語)라고 하는 것이 보다 적합하겠다.

어쨌거나 그것은, 그가 이전부터 알고 있던 것이 아니다. 이제 금방 불쑥 떠오른 낯선 것이다. 그러나 바로 뒤이어 떠오르는, 또한 낯선 일단의 상념은, 낯섦을 낯섦으로써 상쇄시키는 데가 있다.

[검기는 검에 내공을 불어넣어 생성시키는 날카로운 기(氣)를 말한다! 검기를 생성시키면 검의 예리함과 강도가 크게 강화되고, 그 절정에 이르면 능히 바위를 가르고 쇠를 베어내는 경지에 도달할 수 있다!]

한순간의 관찰

투명하고도 은은한 광채가 이내 사라지더니, 검은 본래의 형체를 드러내고 있다. 조금 생소한 형태다. 흔히 보는 일본도와는 달리 검신(劍身)의 양쪽으로 날이 서 있다. 그리고 검기가 사라진 그 양쪽의 날은 그렇게 예리해 보이지는 않는다. 검신은 휘어짐 없이 곧게 뻗어 있는데, 그 끝이 유난히 뾰족해

보인다. 그리고 그 반대쪽 끝에는 둥그스름한 손잡이가 있고, 손잡이의 말단에는 붉은 수실이 매달려 있다.

김강한의 시선이 그제야 검의 주인에게로 옮겨진다.

호리호리한 체구의 노인이다. 중국식 전통의상이라고 할지, 혹은 중국 무술을 하는 사람들이 흔히 입는 그런 옷차림인데, 한 갈래로 묶어 어깨너머까지 늘어뜨린 백발이 인상적이다. 단정한 이목구비이지만, 그 눈빛이 예사롭지 않다. 뭐랄까? 담담한 것 같으면서도 가만히 응시하는 시선을 받다 보면 깊숙하게 쏘아드는 것 같은 빛이랄까?

안광(眼光)!

눈에 서린 기운이 빛과 같아서 능히 사물을 꿰뚫어 본다던가? 백발노인의 눈빛이야말로 그런 표현에 걸맞는 눈빛이라고 하겠다.

묘사가 길었다. 그러나 그와 같은 일련의 관찰은, 사실 한순간에 이루어진 것이다. 그리고 김강한의 시선은 곧장 백발노인의 너머로 향한다.

죽음

룽이 유미의 부축을 받고 있다. 그런데 가슴을 감싸 안은 그의 손아귀 틈새로 붉은 피가 울컥울컥 솟구치고 있다. 가히 강철 같은 신체로 괴물의 면모를 보였던 그이건만, 지금 가슴에 심각한 상처를 입고 있는 것이다.

룽의 몸이 늘어지며 점점 아래로 무너지자, 유미가 이윽고는 그를 바닥에다 눕힌다. 그리고 그 옆에 무릎을 꿇고는 두 손바닥을 모아 피가 솟고 있는 그의 가슴 상처 부위를 압박한다.

룽의 출혈 부위는 왼쪽 가슴의 심장 부위로 보인다. 그런데 등 쪽에서도 피가 뿜어지고 있는 것으로 보아서는 관통상을 입은 것 같다. 심장을 관통당했다는 것인데, 그러고도 버티고 있는 것이 차라리 놀라울 정도다.

그러나 잠깐 지켜보던 중에 김강한은 이내 미간을 찌푸리고 만다. 룽의 움직임이 멈춘 때문이다. 가슴의 기복조차 없다. 이윽고 죽음에 이르고 만 것이리라!

유미가 룽의 가슴을 누르고 있던 손을 떼고 천천히 몸을 일으킨다. 그런 그녀의 얼굴에는 아무런 표정도 없다. 그저 차갑도록 무심하다.

압도

유미가 천천히 걸음을 옮기고 있다. 그 모습이 지극히 조심스럽다는 것에서, 그녀는 백발노인에게서 최대한 먼 궤적을 돌아 주방을 벗어나려는 듯이 보인다. 또한 그런 데서는 김강한에게 백발노인의 상대를 맡기겠다는 의도가 엿보인다고 할까?

김강한이 기꺼울 리는 없다. 그러나 마다할 수도 없는 노릇이다. 어쨌든 여자가 아닌가? 비록 그녀에게 뭔가 한 수가 있으리라는 짐작은 있지만, 직접 확인해 본 바는 없다. 그러니 아직까지 그녀는 우선적으로 보호받아야 할 상대적인 약자인 것이다.

그런데 그때다. 백발노인의 검이 유미를 향해 조금 움직인다. 아니, 정확하게는 그저 검 끝이 살짝 틀어진 정도에 불과하다. 그런데 다시 그 순간! 유미가 돌연 얼어붙은 듯이 그 자리에서 굳어버리고 만다. 마치 한 발짝이라도 더 움직이면 그대로 그녀의 몸을 찌르고 들 것만 같은, 어떤 섬뜩한 무형의 기세에 그대로 압도당해 버린 듯하다.

어쨌거나 그녀가 지금 백발노인이 가하는 위협에 강하게 견제를 당하고 있다는 사실만큼은 분명해 보이기에, 김강한이 성큼 한 발을 앞으로 내딛는다.

그러나 백발노인에게서는 아무런 변화도 보이지 않는다. 그것이 마치 그의, 그 정도쯤의 움직임에 대해서는 대응할 필요를 느끼지 않는다는 듯이 보이기에, 김강한이 가볍게 인상을 그리고 만다.

검을 뽑아 든 까닭

김강한이 슬쩍 허리춤을 누르자

철컥!

하는 소리와 함께 백팔아검의 손잡이와 검집의 물린 부분이 풀린다. 그가 다시 검집의 앞부분을 누르자,

딸칵!

하며 백팔아검의 손잡이가 살짝 튕기듯이 밀려 나온다. 이어 가만히 손잡이를 잡아당기자,

스르~륵!

부드럽게 검집을 빠져나오는 한 자루 연검을, 김강한이 허공에다 대고 가볍게 휘두른다.

취~릿!

취리~릿!

낭창거리는 검신이 호선을 그리며 날카롭게 공간을 벤다.

백발노인에게서 비로소 표정이랄 만한 것이 생겨난다. 조금 흥미롭다는 빛이다. 하긴 그에게는, 김강한이 그 한 자루 연검을 몸에 지니고 있었다는 것부터가 사뭇 의외의 일이긴 할 것이다.

사실 김강한이 백발노인을 검으로 상대해 보겠다고 검을

뽑아 든 것은 아니다. 원래는 송곳니를 쓸 생각이었다. 그런데 유미가 선수를 쳐서 그의 등을 떠미는 형국이 되는 바람에 일차의 타이밍을 놓친 셈이 되어버렸다. 더욱이 백발노인이 무형의 기세로 유미를 묶어두고 있는 상황이다. 그가 굳이 백팔아검을 뽑아 든 것은 그런 까닭에서다. 그에게도 검이 있다는 것을 보여줌으로써, 백발노인의 주의를 일단 그에게로 돌려놓자는 차원에서다.

그러나 그의 그런 의도는 성공하지 못한 것 같다. 잠깐의 희미한 표정을 보였을 뿐, 백발노인은 그저 담담하게 상황을 관조하고 있는 것 같다. 유미 또한 여전히 꼼짝도 하지 못하고 있다.

한번 부딪쳐 보고 싶다

김강한이 백팔아검에 가볍게 내공을 불어넣자,

우~웅!

하는 금속성의 울림이 생겨난다. 그리고 아래로 축 늘어져 있던 검신이 한 차례 부르르 떨리더니, 돌연히 빳빳하게 곧추선다. 이어 그가 가볍게 한 번 허공에다 떨치자 검은,

위이~잉!

하고 표독스러운 느낌의 울음소리를 토해낸다.

백발노인의 눈빛에 번뜩하고 이채가 서린다. 같은 순간, 유미는 자신에게 가해지던 압박이 덜해짐을 느끼고, 다시 조심스럽게 걸음을 옮겨간다.

백발노인이 천천히 김강한을 향해 몸을 튼다. 그것은 사실 아주 약간의 미세한 움직임에 불과하지만, 그러나 그것만으로도 김강한은 한순간 거대한 기세와 마주 서는 듯하다. 뭐랄까? 커다란 산 하나가 바로 눈앞에서 불쑥 솟아난 것 같다고 할까?

심장박동이 빨라지고 있다. 긴장 때문인지, 혹은 흥분 때문인지는 모호하다. 그런데 그때다. 또 다른 느낌 하나가 빠르게 솟아오른다. 그의 내부로부터다. 좀 더 정확하게는 그의 의식 내부로부터다. 그런 데서 그것은 느낌이라기보다는 감정일 수도 있다. 그가 지금까지 거의 느껴본 적이 없던 사뭇 묘한 종류의!

백발노인은 능히 검기를 일으켜 내고, 아마도 그것으로 룽의 강철 같은 신체를 관통해 버렸으리라! 그것만으로도 그가 처음으로 만나는 엄청난 능력자다. 그러나 김강한이 문득,

'나도 검에 내공을 주입할 수 있다! 그게 검기로까지 될지는 모르겠지만!'

하는 마음으로 된 건, 투쟁심일까? 혹은 호승심? 무엇이라고 해도 좋다. 그것은 이미 분명한 의지로 변한 뒤이니까!

'한번 부딪쳐 보고 싶다!'

전율

백발노인의 검이, 아니, 그 검극이 느릿하게 움직이고 있다. 그리고 그 검극이 이윽고 그의 인후를 겨누었을 때, 순간 김강한은 숨이 콱 틀어막히는 느낌에 빠져들고 만다.

이건 검기와는 또 다르다. 눈에 보이는 유형의 무엇이 아니거니와, 직접적이거나 물리적인 것도 아니다.

말 그대로의 무형의 기세! 오롯이 그것이다. 그럼으로써 그것은 그의 육신이 아닌, 정신을 파고들고 있다.

또한 그럼으로써 그것은 층층의 겹으로 쳐진 외단의 방어막으로도 막을 수가 없다.

외단의 방어막이 아무리 강하고 질긴들, 결국은 물리적인 범주의 방호일 뿐이다.

그런 한에는 지금 백발노인의 검으로부터 발산되어 그의 정신을 쪼개들고 있는 무형의 기세에 대해서는 그야말로 무용지물일 뿐이다.

백팔아검의 검신의 가늘게 떨리고 있다. 그것은 그를 질식시키는 공포가 만들어내는 전율이리라!

그 어디에도 없고, 또한 그 어디에도 있다

한순간 백발노인이 성큼 다가든다. 동시에 그의 검이 좌상방(左上方)에서부터 우하방(右下方)으로 대각선의 궤적으로 공간을 베어온다. 빠르지 않다. 그러나 검의 궤적을 따라서는 그야말로 공간이 갈라지고 있다. 김강한은 그대로 얼어붙은 채, 바라보고만 있다.

서~걱!

외단의 막이 성큼 베여 나간다. 그 기감이 생경하도록 선명하다. 아니, 소름끼치도록 섬뜩하다.

다행이랄 것은 백발노인의 검이, 그 강력하기 이를 데 없는 검기로도 외단이 형성한 층층의 막을 일거에 다 베어내지는 못했다는 것이다.

그리고 다음 순간이다. 외단이 반응하고 있다. 즉각 반응하며 방어막을 한층 강화시킨다. 더욱 강인하고 촘촘하게! 그러나 외단의 그런 반응은 다만 반사적이며, 어디까지나 독자적이다. 그의 의지와는 전혀 무관하다.

그는 여전히 잔뜩 얼어붙어 있다. 거대한 공포와 끝 모를 무력감에 짓눌려 꼼짝도 하지 못하고 있다. 그런데 다시 그때다. 문득 그의 머릿속을 채워드는 것이 있다.

[금강불괴지신을 근원으로 무한히 확장한 외단은, 이윽고 그 어디에도 없고, 또한 그 어디에도 있는 무궁지경(無窮之境)에 이르게 된다. 이는 곧 금강부동(金剛不動)의 완성이니, 마음이 일어 행하지 못할 것이 없게 되는 궁극의 경지이다.]

금강부동결이다. 전체를 외우고는 있으되, 지금까지는 거의 생각해 보지 않았던 가장 후반부의 두 문장이다. 그중에서도 지금 김강한의 뇌리에 섬전처럼 내리꽂히고 있는 대목은, 그 첫 번째 문장 중의,

[그 어디에도 없고, 또한 그 어디에도 있는]

이라는 부분이다.

'그 어디에도 없고, 또한 그 어디에도 있다……? 외단이?'

경악

백발노인은 흠칫 긴장하고 만다. 상대로부터 홀연히 은은한 기세가 생겨나고 있는 때문이다. 실력의 고하가 있다고 해도 검의 승부인 이상에는 왕왕 잠깐의 방심이 승부를 가르는 법! 물론 그가 추호의 방심이라도 한 것은 아니지만, 호랑이는

한 마리 토끼를 사냥할 때도 전력을 다한다고 하지 않던가?

지이~잉!

그의 검이 무거운 울음소리를 토해낸다. 이어 투명한 광채가 은은하게 검신을 감싼다. 검기다.

"타~앗!"

가벼운 호통과 함께 그의 검이 한 무리의 빽빽한 검영(劍影)을 일으켜 낸다. 그리고 곧장 상대를 덮쳐드는 그 검영에서는, 마치 수십 자루의 검이 일제히 찌르고 베어드는 듯하다. 그러나 다음 순간,

카가가~강!

츠츠츠~츳!

미묘하면서도 거슬리는 소리를 내면서 검영이 사방으로 흩어져 버린다.

상대는 여전히 검을 가만히 앞으로 겨누고만 있을 뿐이다. 그럼에도 그가 일으킨 한 무리의 검영은 상대의 몸 가까이에서 보이지 않는 무엇에 가로막히고 미끄러져 버린 형국이다. 당혹스러움을 넘어 경악이 밀려든다.

중요한 것은

그것이 무엇인지에 대해서는, 김강한 스스로도 모호하다.

지금 노인의 예리하기 이를 데 없는 검기와, 또 해일처럼 밀려드는 거대한 검세(劍勢)를 능히 막아내고 있는 것에 대해서 말이다. 그것이 외단으로부터 비롯된 것인지, 혹은 전혀 새로운 형태의 어떤 것인지! 다만 분명해 보이는 것은, 그것이,

[그 어디에도 없고 또한 그 어디에도 있다]

는, 금강부동결의 그 대목으로부터 생겨나고 시작된 무엇이리라는 점이다. 그리고 어쩌면 그 무엇이 다시 외단을 변화시켰는지도 모르겠다. 지금까지와는 사뭇 다른 어떤 새로운 형태로!

이를테면 원래의 외단이 가진 물리적인 범주의 방호 공능에 더하여, 백발노인의 무형 기세처럼 그의 정신적인 부분을 파고들어 공포와 전율을 일으키는 외부의 영향력에 대해서까지도 능히 방호를 할 수 있도록 말이다.

그러나 무엇이 생겨나고, 또 그 무엇이 다시 어떤 변화를 일으켜 냈는지는 크게 중요하지 않다.

지금 중요한 것은, 그리고 분명한 것은, 그가 이제 백발노인으로부터 비롯된 억제와 압박으로부터 완전히 벗어나서 자유로워졌다는 사실이다.

우우~웅!

백발노인의 검이 격렬한 울음소리를 토해낸다. 마치 귀신의 울부짖음과도 같이 날카롭고도 섬뜩하다. 노인의 모든 내공이 일시에 검으로 쏟아져 들어가면서, 이윽고 검극에는 한 방울의 눈부신 백광이 맺힌다. 마치 검신을 감싸고 있던 검기가 하나의 점으로 응축된 것 같은 형상이다. 곧, 검기의 정화다. 그리고 다음 한순간,

팟!

백발노인의 검이 그야말로 전광석화처럼 김강한을 찔러드는데, 그 돌연함과 엄청난 속도만으로도 김강한으로서는 어떻게 피할 엄두조차 내볼 수가 없다. 그런데 다시 그때다. 그 검극이 김강한에게서 손가락 두세 마디쯤의 간극을 두고는 우뚝 멈춰 서더니, 검극에 맺혀 있던 그 한 점의 눈부신 백광이 빛의 속도로 쏘아져서는 그대로 그에게 박혀든다.

탕~!

마치 총성과도 같은 격렬한 소리가 울린다. 그리고 다시,

파르르~릉!

백발노인의 검극이 맹렬한 진동을 일으켜 내면서, 눈부신 백광의 점들을 폭사해 낸다.

타다다다~당!

광렬한 소리가 터져 나온다. 그것은 마치 난사된 수십, 수백의 총탄이 강철 벽에 부딪치면서 내는 소리 같다.

불신

파르르!

백발노인의 눈빛이 가는 떨림을 일으키고 있다. 다시금의 경악이다. 그가 전력으로 일으켜 낸 검기의 정화들은, 상대의 기이한 무형 방어막에 가로막히며 모조리 비켜나고 튕겨나서는 소멸되고 말았다.

백발노인의 눈빛이 문득 떨림을 멈춘다. 그리고 무겁게 한 지점으로 고정된다. 김강한이 천천히 검을 들어 올리고 있다. 그리고 그 검 끝이 백발노인의 인후를 가리킨다.

단순히 그것뿐이다. 백팔아검은 여전히 빳빳한 힘으로 곧게 뻗어 있을지라도, 검기 같은 게 형성되지는 않았다. 검세(劍勢)를 일으키고 있는 것도 아니다. 그저 백발노인을 겨누고 있을 뿐이다. 그러나 백발노인에게 그것은, 그저 단순한 겨눔이 아니다. 거대하다. 상대의 검은 지금, 그가 서 있는 공간을 가득 채우고도 남을 만큼 거대하다. 그리하여 어디로도 피할 곳이 없다.

'이건… 설마……?'

찰나간 백발노인의 눈빛에서는 차라리 불신이 피어오른다. 그런데 바로 그 순간이다. 무언가가 그를 관통하고 지나간다.

그러나 아무런 일도 일어나지 않는다. 다만 백발노인의 눈빛 속에서, 좀 전에 피어올랐던 불신이 모호함으로 변질되고 있다. 그를 관통하고 지나간 그 무언가에 대한 모호함일까? 혹은 그 무언가가 관통해 버린 것이 그의 육신인지, 아니면 그의 의지(意志)인지에 대한 모호함일지도 모를 일이다.

그 무엇은, 과연 무엇이었을까?

백발노인은 석상처럼 굳어 있다. 그의 검은 여전히 중단세(中段勢)로 김강한을 겨누고 있지만, 부릅뜬 그의 두 눈은 이제 아무런 느낌도 담지 않고 있다. 마지막 순간에 그가 느꼈던 모호함조차도! 그리고 일말의 생기(生氣)조차도!

'아……!'

김강한은 퍼뜩 몰입에서 깨어난다. 그제야 확연해진다. 그가 저질러 놓은 결과가! 다만 그런 중에도 못내 아쉽다. 무언가 아주 중요한 것을 놓쳐 버리고 만 듯하다. 더욱이 방금까지 사뭇 분명하여 손에 잡힐 듯이 하던 것이었다. 그러나 그것은 찰나의 순간에 연기처럼 홀연히 스러지며 까마득히 망각

되어 버렸으니, 그의 심정은 허망하기까지 하다.

'무엇이었을까?'

미련의 꼬리를 떨치기가 어렵다. 그러나 지금 그의 눈앞에 벌어진 상황은 그가 혼자만의 생각을 계속 붙잡고 있기에 결코 적절치가 않다. 백발노인이 천천히 무너져 내리고 있다.

외견상 백발노인의 몸에는 뚜렷한 외상이 보이지 않는다. 그러나 김강한은 백발노인이 이미 산 사람이 아니란 것을 확연히 인지하고 있다. 다만 그가 그런 결과까지를 의도했던 건 결코 아니다. 그는 다만 새로운 무엇에 몰입해 있었을 뿐이다. 백발노인은 그런 그의 몰입을 가능하게 해준 매개체였고!

'무엇? 그 무엇은, 과연 무엇이었을까?'

김강한은 세차게 한 번 고개를 가로젓는다. 눈앞에 싸늘하게 식어가는 시신을 두고도, 자꾸만 새삼스러워지는 아쉬움과 미련이라니……!

제14장
—
종속

예의

펑~!

갑작스러운 폭발음과 함께 백발노인의 주변으로 짙은 회색의 연무가 확 퍼진다. 코끝에 설핏 매콤한 냄새가 느껴지는 중에,

"쫓아요! 저들이 도망치고 있어요!"

다급한 외침은 유미의 것이다. 그러나 김강한은 움직이지 않는다. 연무 속에서 사람의 기척이 빠르게 멀어지고 있지만,

굳이 쫓을 마음이 생기지는 않는다. 연무를 터뜨린 것은 아까 2층에서 사라졌던 대머리 노인일 것이다. 그가 아주 사라지지 않고 주변에 몸을 숨기고 있다가, 이제 백발노인의 시신까지를 거두어서 도주를 하고 있는 것이다.

이내 연무가 걷히고 있다.

"왜 쫓지 않은 거죠?"

유미의 물음에 가벼운 질책의 기미가 담긴다. 그러나 김강한이 대답하는 대신에, 좀 전 백발노인이 서 있던 자리에 남은 흥건한 핏물을 흘깃 본다. 대머리 노인이 남긴 흔적일 것이다.

백발노인은 이미 죽었다.

그리고 백여덟 개의 송곳니에 전신을 관통당한 이상, 대머리 노인 또한 치명적인 상처를 입은 것으로 봐야 한다. 그런 치명상에도 불구하고 대머리 노인이 백발노인의 시신을 거두어 간 것은, 그들의 마지막 자존심인지도 모르겠다. 자신들의 최후를 보이지 않겠다는 마지막 일념 같은 것? 괴물로서? 혹은 인간으로서?

괴물! 대머리 노인과 백발노인 또한 괴물들이다. 룽처럼! 아니, 룽을 능가하는 괴물들이다.

같은 맥락에서 그들과 생사의 승부를 나누었던 그 역시도 괴물이라고 해야 할 것이다. 그런 처지에서, 마찬가지의 입장에서, 그들을 굳이 끝까지 쫓는 것은, 그리하여 그들의 마지막 자존심마저 가차 없이 꺾어버리는 것은, 예의가 아닐 것이다.

상관없소!

"저들을 살려 보냈으니, 조만간 당신에게 더 큰 위험으로 돌아올 거예요!"

유미의 그 말에 대해서는 김강한이 짧게 대답해 준다.

"상관없소!"

유미의 미간이 설핏 좁혀진다. 그러나 그녀는 곧바로 수긍한다는 빛으로 되고 만다.

사실 그녀로서는 수긍할 수밖에 없는 노릇이다. 방금 도망친 두 사람이 누구인지 알고 있는 것이다. 그들이 얼마나 대단하고 놀라운 존재들인지!

그런 존재들을, 그것도 혼자서 간단히 격퇴를 시켜 버린 엄청난 능력자가 하는 말인 이상, 수긍하지 못할 까닭을 찾기는 어려운 노릇이다.

당신이 몹시 궁금해할, 그리고 몹시 흥미로워할 얘기들

김강한은 룽과 전광의 시신을 우선 현관 입구에 붙은 작은 방으로 옮겨놓는다. 그들의 처리는 안가를 관리하는 측에서 알아서 할 것이다.

그리고 벙커로 간 그는 벙커 출입문의 잠금장치 모드를 전환한다. 외부에서 비밀번호를 입력하는 것으로만 열 수 있도록! 즉, 내부에서는 열 수 없도록! 그럼으로써 벙커는 이제 요새인 동시에 감옥이기도 하다. 외부로부터의 침입도, 내부로부터의 탈출도 불가능한!

다시 거실로 돌아온 김강한은 휴대폰을 꺼내 든다. 박광천 수석에게 전화를 할 참이다. 벌어진 상황에 대해 일단 알려는 주어야겠기에! 그런데 그때다.

"상부에 보고하려는 건가요?"

유미가 묻는다. 그런 그녀의 말에서 꼭 뭔가 잘못을 지적하려는 듯한 어감이 들기에, 김강한이 질문 내용에 대한 대답에 충실하기보다는 슬쩍 말을 비튼다.

"나에겐 보고할 상부가 없소! 그냥 이 일을 부탁받은 입장에서, 무슨 일이 벌어졌는지에 대해 알려주려는 것일 뿐이오!"

유미가 희미하게 미소를 머금었다가 지우며 다시 묻는다.

"보고를 하든, 알려주는 것이든… 잠시만 뒤로 미루면 안 될까요?"

"내가 그래야 할 이유라도 있소?"

"어차피 상황은 종료되었어요! 그리고 김찬도 취해 곯아떨어진 것 같으니, 내일 아침까지는 새로운 상황이 생기지도 않을 테고요!"

"글쎄……! 이유가 그것뿐이라면, 내가 굳이 미룰 필요는 없을 것 같은데……?"

그리고 김강한이 다시 휴대폰의 액정으로 시선을 줄 때다.

"당신이 제 얘기를 들어야 할 시간이 좀 필요하기도 하죠!"

"당신 얘기를 들어야 할 시간이라니……? 그건 또 무슨 소리요?"

"당신이 몹시 궁금해할, 그리고 몹시 흥미로워할 얘기들이 몇 가지 있는데… 듣고 싶지 않나요?"

김강한이 잠시 유미를 응시하다가는, 휴대폰을 주머니로 넣으며 가볍게 고개를 끄덕인다.

"좋소! 무슨 얘긴지, 어디 한번 들어봅시다!"

유미가 방긋한 미소를 떠올린다.

"그런데 우리가 차분하게 얘기를 나누기에, 여긴 좀 그렇지 않나요?"

하긴 김강한이 생각하기에도 좀 그렇긴 하다. 바로 옆방에 시체들이 있으니 말이다.

"우리 2층으로 가요!"

유미가 말하고는, 곧바로 앞장을 선다.

진탕

"여기도 좀 그렇군요! 우리 저쪽 방으로 갈까요?"

2층에 올라 거실의 소파 쪽으로 가려던 유미가 설핏 걸음의 방향을 바꾸며 하는 말이다. 거실 바닥에 흥건히 고인 핏물을 본 때문이리라! 그리고 유미는 곧장 거실 왼편의 방으로 향한다. 김강한이 마뜩하지는 않지만 상황이 이렇게까지 된 마당에 시시콜콜한 형식을 따질 건 아니라, 느긋하니 그녀의 뒤를 따라 방으로 들어선다.

그녀는 이미 방 안쪽의 침대에 걸터앉아 있다. 그가 둘러보니 마침 방구석에 간이 의자가 하나 있기에 가져다가 그녀를 마주 보며 앉는다.

"자! 이제 얘기를 해보시오!"

그의 말에 그녀는 가볍게 웃기부터 한다. 그런데 순간, 그는 움찔하고 만다. 그녀의 미소를 보는 순간, 갑자기 아찔하니 현기증이 돌아서다. 그가 그녀의 웃는 모습을 처음 보는 것도 아닌데 말이다. 아니다. 지금 그녀의 미소는 지금까지와는 뭔가 다르다. 구체적으로 설명할 수는 없지만! 어쨌거나 그가 잠깐의 아찔함을 애써 가라앉히는데, 그녀의 눈에서는 반짝 이채가 스치는 듯하다.

"무슨 얘기부터 할까요?"

그녀가 가만히 묻는다. 그런 그녀의 얼굴에 다시금의 미소가 맺힌다.

"내가 궁금해하고 흥미로워할 거라는 얘기들! 빠짐없이 전부 다!"

김강한이 짐짓 분명하게 요구한다. 그녀의 미소가 더 짙어지기 전에!

"욕심이 많군요! 그것들 하나하나가 상당히 고급의 정보들인데, 그걸 한꺼번에 다 얻으려고 하다니 말예요! 그것도 공짜로!"

그녀의 그 말에 대해서는 김강한이 버럭 인상을 쓰고 만다. 그녀의 말 때문이 아니다. 말끝에 뒤따르는 가벼운 눈 흘김 때문이다. 그것이 느닷없이 그의 마음을 흔들어오는 데 대한 대응이다. 그러나,

"훗!"

이어진 그녀의 콧소리 섞인 웃음에, 그의 마음은 이윽고 속수무책으로 진탕되고 만다.

"좋아요!"

그녀가 미묘한 표정으로 고개를 끄덕인다.

중독

"당신이 천락비결을 수련했다는 걸 알아요!"

유미의 그 말에 대해 김강한은 차라리 담담하다. 이제쯤에는 어느 정도의 내성이 생긴 것도 있다. 그녀가 잠시 그의 반응을 살피듯이 보고 있더니, 다시 말을 이어낸다.

"미리 알고 온 바도 있지만, 제가 몇 차례 드러나지 않게 비결상의 수법들을 펼쳤을 때, 당신이 쉽게 당하지 않는 것에서 확신을 할 수 있었죠!"

"당신은 누구요? 진짜 정체가 뭐요?"

그의 그 물음에 대해서는 그녀가 오히려 가볍게 반문한다.

"제가 누군지에 대해서는, 당신도 이미 짐작하는 바가 있을 것 같은데요?"

이어 그녀는 김강한을 응시하고 있더니, 불쑥 말을 보탠다.

"요마존맥(妖魔尊脈)! 전 그곳의 당대 계승자예요!"

"음……!"

김강한이 차라리 탄식을 뱉어낼 때다, 그녀가,

"훗!"

하고, 예의 그 사람의 마음을 진탕시키는 콧소리의 웃음을 흘리고는, 조금은 투정이 섞인 듯도 한 투로 말을 잇는다.

"별로 놀라지도 않는군요? 하긴, 하룻밤에 전설적인 존재들을 넷씩이나 대면했으니, 새삼 놀라울 것도 없겠군요!"

김강한이 새삼 놀랍지 않은 것은 사실이다. 그러나 의문마저 생기지 않는 건 아니다.

"전설적인 존재들을 넷씩이나 대면했다는 건, 또 무슨 얘기요?"

그러나 그녀는 김강한의 질문에 대해서는 그냥 흘려 버리면서, 오히려 반문을 한다.

"이런 얘기들은 상당히 중대한 비밀에 속해요! 그런데 지금은 몰라도 앞으로는 언제라도 적으로 만날 수 있는 당신에게, 제가 너무 쉽게 말을 해주고 있다는 생각은 들지 않나요?"

"……?"

"호호~홋!"

그녀의 웃음소리가 짜랑하다. 김강한은 다시금 흠칫 전율하고 만다. 이제는 좀 적응이 됐다 싶었는데, 그녀의 저 웃음소리는 지금까지와는 또 다르다. 또 다른 차원의 느낌과 강도로 그의 가슴을 진탕시킨다.

"당신은 이미 장락밀에 중독됐어요!"

그녀가 웃음기를 담은 눈빛으로 말한다. 그리고 깊숙이 그의 눈을 들여다보며 감미로운 속삭임처럼 덧붙인다.

"그것은 곧, 당신이 내 손아귀에서 결코 벗어날 수 없게 되었다는 걸 의미하죠!"

"음……!"

김강한이 한 템포 늦게야 신음처럼 뱉는다. 그러나 딱히 놀란 때문은 아니다. 차라리 유미의 폭발적인 도발(?)에서 벗어나기 위한 힘겨움 때문이다. 다만 의아함은 있다. 장락밀이란 것이 무엇인지도 모르는데, 그것에 자신이 이미 중독 당했다고 사뭇 확정적으로 단정 짓는 데 대해! 몸에는 아무런 이상의 징후나 조짐조차 없는데 말이다.

장락밀(長樂密)

김강한은 문득 알게 된다. 장락밀이라는 것에 대해! 그것에 관련된 일련의 내용들이 부지불식간에 그의 뇌리 속으로 떠오른 덕분이다.

장락밀(長樂密)!

요문(妖門)의 비약(秘藥)!

일단 중독이 된 이후에는 돌부처마저도 욕정에 몸부림치게 만든다는 희대의 음약(淫藥)!

해약(解藥)은 따로 없다.

내공으로 일시 그 약성을 누를 수는 있더라도, 결국은 한계에 도달하고 만다.

해독할 방법은 오직 한 가지뿐이다.

음양교합(陰陽交合)!

공공의 적

"당신이 대단한 능력의 소유자란 것은 이미 알고 있었지만, 설마 암마(暗魔)의 만천화우(滿天花雨) 수법을 맨몸으로 받아내고도 멀쩡할 줄은 몰랐어요! 나아가 검마(劍魔)와 단신으로 겨루어서 그를 꺾어버릴 것이라고는 상상조차 해보지 못했던 일이에요!"

유미는 여전히 미소 띤 얼굴이다. 그런 표정에서 그녀는 마치 즐겁다는 듯이 보이기까지 한다. 그리고 그녀의 그런 모습에서는, 김강한도 약간의 여유를 가진다.

"몇 가지 좀 물어봅시다!"

"얼마든지요!"

그녀가 아담한 두 어깨를 으쓱해 보이는데, 그런 모습마저 매혹적이다. 까닭 없이!

"암마와 검마가 누구요? 아까의 그 노인들을 지칭한다는 건 알겠는데, 도대체 그들의 정체가 뭐요?"

그녀가 정갈하게 다듬어진 눈썹을 찡긋하며 반문한다.

"구마존맥(九魔尊脈)의 전설에 대해서는 당신도 이미 알고 있지 않나요?"

"음……!"

그가 모호하게나마 시인을 하자, 그녀는 빙그레 웃으며 말을 잇는다.

"그 노인들이야말로 구마존맥 중의 암마존맥(暗魔尊脈)과 검마존맥(劍魔尊脈)의 주인들이에요! 곧 당세(當世)의 암마(暗魔)와 검마(劍魔)인 것이죠!"

김강한이 잠시의 틈을 두고서 다시 묻는다.

"그런데 그들은 왜 이곳 서울에까지 온 것이오?"

그녀가 짐짓 고개를 갸웃해 보이며 받는다.

"글쎄요? 언제라도 그들과 조우할 가능성을 염두에 두지 않고 있었던 건 아니지만, 설마 그들이 여기까지 직접, 더욱이 암마와 검마가 동시에 나타날 줄은, 나로서도 미처 생각해 보지 못했던 사건이네요!"

김강한으로서는 요령부득일 수밖에 없는데, 그녀가 다시 담담한 미소를 떠올리며 말을 이어낸다.

"두 가지 정도를 추정해 볼 수는 있겠네요! 우선은 그들이 김찬을 노렸을 가능성이에요!"

김강한이 가볍게 고개를 끄덕인다. 그로서도 이미 그렇게 추정을 해본 바다. 그녀가 말을 보탠다.

"두 번째는 당신을 목표로 했을 가능성인데… 솔직한 느낌을 말하자면, 그건 가능성이 아니라 확실에 가깝다고 해야겠군요!"

그 말에는 김강한이 정말로 의아해져서 곧바로 되묻는다.

"그들이 나를 노렸다는 거요? 왜? 당신의 요마존맥이나, 혹은 밀마존맥이라면 또 그럴 수도 있겠다 싶지만, 다른 쪽과는 얽힐 만한 까닭이 딱히 없는데……?"

"그러고 보니 당신은 이미 구마존맥 중의 적어도 다섯 군데와 얽혀 있는 셈이군요! 암마와 검마! 그리고 당신이 어떤 경유에선가 알고 있는 요결들과 관련된 세 곳까지! 그만하면 가히 공공의 적이라고 할 만하군요! 호호호!"

말끝에 터뜨리는 그녀의 웃음소리가 사뭇 유쾌하기까지 하다. 김강한이 차라리 쓴웃음을 짓고 말 때다. 그녀가 문득 그의 얼굴 가까이로 얼굴을 가져다 대며 속삭인다.

"난 위험한 남자가 좋아요! 물론 그 위험을 능히 감당할 능력도 갖춰야 하지만……!"

그런 그녀에게서 뜨거우면서도 미묘한 향기가 물씬 뿜어져 나오면서, 순간 김강한을 후끈 달아오르게 만든다.

뜻밖의 내막

"암마와 검마가 서울로 오게 된 내막의 시작점은 역시 흑룡강파일 거예요!"

유미의 그 말에 대해서는 김강한이 크게 의아해질 수밖에 없다. 흑룡강파라면, 원룸 건물 두웰의 302호 아가씨 홍수연을 납치했던 바로 그 흑룡강파란 말인가?

흑룡강파가 십여 년 전에 보스인 차오쓰가 모종의 사건으로 중국 공안의 추격을 받게 되면서 서울로 넘어오게 되었다는 건, 김강한도 이미 알고 있는 사실이다. 그러나 좀 더 내밀한 사정이 있다는 게 유미의 설명이다.

즉, 그 모종의 사건에서 차오쓰가 흑룡강파보다 훨씬 더 크고 강력한 어떤 조직의 간부급 인물을 죽였는데, 그가 한국으로 도망을 친 것은 중국 공안의 추격보다는 그 조직의 보복이 두려워서라는 것이다. 차오쓰가 두려워하는 그 조직은 이후 여러 가지 내부 사정을 겪다가 최근에야 조직이 재정비되었고, 이윽고 차오쓰를 응징할 집행자를 한국으로 보냈단다. 그러나 그 집행자는 싸늘한 시신으로 중국에 돌아갔는데, 그가 바로 암마의 아들이라는 것이다.

'그랬던가?'

김강한이 설핏 감이 잡히는 게 있다. 안산의 7층짜리 상가! 흑룡강파의 본거지인 그곳의 폐쇄된 지하 주차장의 천장 파이프라인 위에 교묘하게 은신해 있던 회색 일색의 사내! 무진장의 암기 창고라도 되는 듯이 엄청난 수의 암기들을 폭사시키며 차오쓰를 공격하고, 끝내는 죽음에 이르게 만든 자! 그러고 보니 그때 그자의 수법은 오늘 밤 그와 부딪쳤던 대머리 노인 즉, 암마와 비슷한 데가 있다.

'그자가 바로 암마의 아들이었던가?'

그때 백팔아검의 송곳니 몇 개가 그자의 몸을 관통했고,

그자는 결코 가볍지 않은 상처를 입은 채로 누군가 또 다른 동조자의 도움을 받아 도주를 했었다. 그런데 그때의 상처로 인해 결국은 죽음에까지 이르고 말았던 모양이다.

정글의 법칙

“암마와 검마는 청방(青幇)의 공동방주(共同幇主)예요!”

유미의 말이 차분하게 이어지고 있다.

“청방은 또 뭐요?”

“중국 본토의 수천 개에 달하는 흑사회 중 최대 규모를 자랑하는 거대 조직이죠!”

“음……!”

“사실 청방의 공동방주 두 사람이 함께 움직이는 건, 굉장히 이례적인 일이에요! 더욱이 당신 하나를 상대하기 위해서 그랬다는 건, 그들이 그만큼 당신을 높게 평가했다는 것이죠!”

그녀의 그 말이 좋은 뜻인지 나쁜 뜻인지 설핏 애매한 중에, 김강한이 문득 의문이 생긴다.

“그런데 암마의 아들이 시신이 되어 중국으로 돌아갔다고 하지 않았소?”

유미가 간단히 고개를 끄덕여 대답을 대신한다.

"그렇다면 그들은 어떻게 내가 범인이라고 단정을 할 수 있었던 것이오?"

그 물음에는 유미가 희미하게 미소를 떠올리며 답한다.

"시신의 상처에 남은 독특한 흔적들 때문이에요! 그것이 사인을 밝히는 결정적 단서가 된 거죠! 바로 영마존맥의 백팔아검!"

'그랬던가……?'

김강한이 내심 수긍이 되는 바이지만, 이내 다시금의 의문이 생긴다.

"그런데 당신은 어떻게 그런 사실들에 대해 그처럼 자세히 알고 있는 거지? 혹시 그들의 청방과 따로 교류가 있는 거요?"

"청방과 교류가 있다면, 오늘 밤 이런 상황이 벌어지지는 않았겠죠! 내가 그 내막을 알게 된 건, 영마존맥의 생존자를 통해서예요!"

"천공가……?"

김강한이 나직이 되뇌어보던 중에, 문득 흠칫 놀라며 다시 묻는다.

"그런데… 생존자라고 하는 것은 무슨 뜻이오? 혹시 천공가에 무슨 일이 생긴 거요?"

그녀가 담담하게 고개를 끄덕인다.

"암마가 직접 나서서 아들의 사인에 대해 조사하고 심문하는 과정에서 천공가는 궤멸당하고 말았어요!"

"으음……!"

김강한이 무거운 탄식을 흘리고 만다. 좀 전에 그녀가 그를 일컬어 구대마존맥의 공공의 적이라고 하였지만, 적어도 천공가에 대해서는 그렇지 않다는 생각이다. 비록 처음에는 그들 또한 그에 대해 적대적인 부분이 있었으나, 결국에는 호의로 돌아서며 선물까지 주었다. 그런데 바로 그 선물로 인해 큰 재앙을 당하였다니, 마음이 영 불편하다.

잠시간 그를 지켜보고 있던 유미가 무심한 투로 말을 보탠다.

"어차피 세상은 적자(適者)와 강자(强者)만이 살아남도록 되어 있는 것이죠! 특히 무림이라는 정글에서 스스로를 지킬 힘을 갖추지 못한 측은, 언제라도 그런 처지가 될 수밖에 없는 것이고요!"

그녀의 주목적

"내가 서울에 온 주목적은, 사실 당신을 만나기 위함이에요! 그것을 위해, 중국 국가 안전부를 통해서 한국 당국에 특별한 요청까지 했죠!"

유미의 그 말에는 김강한이 쓴웃음을 짓고 만다. 박광천 수석을 통해 대강의 사정은 이미 들었던 바이지만, 그를 이 일에 끌어들인 것이 결국은 그녀였다는 사실에는 새삼 씁쓸한 기분이 들어서다.

"그럼 김찬의 이번 서울행이, 결국은 나를 끌어들이기 위해서 기획되었다는 것이오?"

"그건 아니에요! 김찬에게 서울행을 감행할 필요가 생긴 것이 먼저죠!"

유미의 이어지는 얘기에서 김찬의 서울행에 얽힌 내막은 이렇다. 최근 중국에서 김찬에 대한 암살 기도가 있었는데, 미수에 그쳤다. 그런데 중국 정보 당국에서 범인들을 추적하던 중에 청방의 관련성이 의심되는 단서가 포착된다. 그에 중국 정보 당국에서는 국가 안전부의 최고위층과 밀접한 관계를 맺고 있던 유미에게 자문을 구했고, 그렇지 않아도 마침 조태강에게 목적을 가지고 있던 그녀로서는 자연스럽게 개입을 하게 된다.

'잠시간 김찬을 서울로 보내자!'

유미는 중국 정보 당국에 그런 제안을 한다. 북한의 백두혈통인 김찬의 서울행은, 누구라도 예측하기 어려운 행보일 것이다. 그러나 그가 북한의 차기 정권을 이을 잠재적 유력 후보라는 점에서는, 그 목적에 대해 아주 맥락을 찾지 못할 것은 또 아니다. 그리하여 김찬을 노리는 암중 세력은 당황한 중에 일단 의심하고 경계하겠지만, 결국은 그를 따라서 서울로 움직일 것이다. 그리되면 중국 정보 당국으로서는 훨씬 더 용이하게 그들 암중 세력에 대한 추가적인 정보를 획득할 수 있으리란 게, 제안에 대한 그녀의 설득 논리다.

명분적 필요와 실제적 필요

유미는 자신의 제안에다 건의 사항 한 가지를 붙인다. 물론 그녀의 주목적을 위한 것이다. 즉, 김찬이 서울에 머무는 동안의 경호를 그녀 자신과, 그녀가 추천한 룽이 책임지겠다고 자원을 한 바이지만, 더하여 한국 정보 당국에 특별한 협조 요청을 해달라는 내용이다.

'비공식적 경호 인력 지원! 요청 인원 1명! 전 청와대 행정관 조태강!'

그녀가 조태강을 콕 찍은 데 대한 타당성은 이렇다. 한국 측에서는 김찬의 극비 서울행에 대해 다양한 관점에서의 손익을 계산하겠지만, 막상은 철저하게 무관한 위치에 서 있으려고 할 것이다.

그러나 중국 정보 당국으로서는 만약의 명분 축적을 위해서라도 어떤 형식으로든 한국 측을 끌어들일 필요가 있다. 조태강의 지원을 요청하는 것은, 바로 그러한 명분적 필요와, 더

불어 실제적 필요를 함께 충족시키기 위함이다.

우선 명분적 필요란, 조태강이 현재는 청와대 행정관 직책에서 퇴직을 한 것으로 파악이 되지만, 그렇더라도 만약의 명분 축적을 위한 상징적인 가치는 충분하다는 판단에서다.

그리고 실제적 필요란, 지난번 한국 대통령의 중국 국빈 방문 때 조태강이 보여준 역량으로 볼 때, 그의 합류로 김찬의 서울 체류 기간 동안의 경호를 한층 강화할 수 있을 것이란 점에서다.

관계의 정의

"룽의 정체는 뭐요?"

김강한이 남겨두었던 의문 한 가지를 마저 묻는다.

"룽은 밀마존맥의 당대 계승자예요!"

"음……!"

김강한이 나직이 탄식한다. 사실은 그도 이미 대강의 짐작을 하고 있던 터다.

낮에 스시 가게에서 룽이 보여준 괴물 같은 면모에서 밀마존맥의 괴인들을 연상해 보았던 바이지만, 그들보다 한층 강력하고 진화된 능력에서 그 연관성에 대한 확신을 미루어두었을 뿐이다.

"룽과 당신의 관계에 대해서 물어봐도 되겠소?"

김강한의 그 물음에 대해서는 유미가,

"호호호!"

가볍게 소리 내어 웃고는, 이어 반문한다.

"너무 깊은 곳까지 알려고 하는 것 아닌가요? 나한테도 비밀로 남겨두어야 할 것들이 있고, 더욱이 룽은 이미 죽고 없는데 말이죠!"

"그냥 궁금해서 물어본 것이니, 대답하기 곤란하다면 하지 마시오!"

그가 간단히 물러선다. 그러자 그녀가 미소를 짙게 만들더니 슬쩍 묻는다.

"당신이 보기에는 나와 룽이 어떤 관계일 것 같은가요?"

"낮에 폭주하던 룽이 당신의 말 한마디에 곧바로 진정이 되었던 걸로 봐서는, 당신에게 절대복종을 하는 것 같던데……?"

"훗!"

그녀가 가볍게 콧소리로 웃고 나서 말을 잇는다.

"그런 건 아니고… 굳이 정의를 하자면 제휴 관계였다고 할까? 이를테면 공동의 필요와, 또 공동의 목적을 위해 서로 협력했던, 그런 관계쯤이었다고 해두죠!"

"아, 당신도 알겠군요?"

유미가 문득 뭔가 생각났다는 듯이 묻는다. 그러나 김강한으로서야 그것이 무엇에 대해서인지 짐작되는 바조차 없어서 눈으로만 의문을 표시하는데, 그녀가 곧바로 말을 보탠다.

"내가 룽의 폭주를 멈추게 할 때 쓴 건, 화결(和訣)이에요! 천락비결상의 화결 말예요!"

그럼에도 김강한으로서는 딱히 대응할 만한 것이 없다. 화결이라는 것이 천락비결상의 구체적으로 어느 대목을 말하는 건지 짐작하기 어려운 때문이다. 그녀의 말이 이어지고 있다.

"그러나 화결로는 임시방편으로 긴급한 상황을 넘길 수 있을 뿐이지, 룽이 안고 있는 문제를 근본적으로 해결할 수는 없었어요! 즉, 룽에게는 어떤 한계 상황에 처하면 폭주를 일으키는 일종의 고질(痼疾)이 있었는데, 폭주를 일으켰을 때 제때에 멈추지 못하면 주화입마로 이어져 다시 회복하지 못할 치명상을 입게 되거나, 심하면 전신의 기혈이 터져 그 자리에서 즉사를 하게 되죠!"

그녀가 김강한의 반응을 살피듯이 잠시 말을 끊었다가, 다시 이어간다.

"그러한 문제는 밀마존맥의 비전인 천환묘결에서 비롯된 어떤 한계 혹은 모순 때문이라고 하더군요! 이번에 룽이 나와 함께 서울에 온 것도, 당신이 보유하고 있다는 또 하나의 천환묘결에서 자신의 그런 문제를 근원적으로 해결할 단서를 찾고자 함이었죠! 그런데 안타깝게도 불귀의 객이 되고 말았네요!"

그러나 김강한은 그녀에게서, 막상 그다지 안타까워하는 느낌을 받지는 못한다.

유혹

"당신이 바라는 것도, 결국은 천락비결의 요결이오?"

김강한의 그 물음에서는 어쩔 수 없이 약간의 거부감이 묻어난다. 그에 대해 유미가 담담하게 미소를 떠올리며 받는다.

"물론 나도 요결에 관심이 있어요! 당신의 천락비결이 내 것과 과연 다른지, 다르다면 어느 부분이 어떻게 다른지 몹시 궁금하긴 해요! 그러나 그것보다 더욱 절실하게 바라는 것이 있어요! 당신에게 말예요!"

그녀의 눈빛이 문득 촉촉하게 변한다. 마치 정말로 무언가를 간절히 호소하는 것처럼!

"내 편이 되어줘요!"

그녀의 그 말은 거의 속삭이는 듯하다. 김강한이 움찔 어깨를 움츠리는 것 말고는 아무 대답도 할 수가 없는데, 그녀가 가만히 얼굴을 좁혀든다.

"당신은 결코 나의 적이 될 수 없어요! 뿐더러 이제부터는 영원히 내 편이어야만 해요! 그 어떤 경우에도!"

그녀의 입에서 단내가 난다. 향기롭고 달콤하다. 그리고 그것을 느끼는 순간, 김강한의 내부로부터는 돌연히 한 가닥 홍분이 솟구쳐 오른다. 그러고는 곧장 거세게 소용돌이치며 증폭이 된다.

'이건……?'

다급하게 홍분을 추스르는 와중에, 김강한은 설핏 한 가닥의 경각심을 일으킨다. 천락비결이다. 그중의 최면요법이다. 그것을 그녀가 펼치고 있는 것이다. 그런데 그 또한 이미 여러 차례 써왔던 바이지만, 지금 그녀가 펼치고 있는 수법은 완전히 다른 차원이다. 강력하다. 그가 그것에 대해 인지하고 경각심까지 일으키고 있으면서도, 당장에는 떨쳐내지 못할 정도로! 그때다. 그녀가 그의 품으로 가만히 안겨들며 목을 끌어안는다. 그리고 그의 귓속으로 뜨거운 숨결을 불어 넣는다.

"내 편이 되었으니, 당신은 이제 나를 가질 수 있어요! 사실 난 무척이나 기대가 돼요! 당신도 천락비결을 익혔고, 나 또한 천락비결을 익혔으니, 우리 둘이 함께 비결을 펼친다면 어떻게 될까요? 세상에 다시없는 천상의 열락을 맛볼 수 있지 않을까요?"

노골적이다. 폭발적인 유혹이다. 그의 가슴이 마구 진탕 치기 시작한다. 호흡이 가빠진다. 피가 맹렬한 속도로 치돌고, 온몸의 혈관들이 터질 듯이 팽팽하게 부푼다.

천락천유정경(天樂天遊情境)

유미의 천락비결의 성취는 그 궁극의 대성 경지를 십이성(十二成)이라고 할 때, 현재 거의 십성(十成)의 단계에까지 근접하고 있다. 그런 성취의 정도는 구대마존맥의 당대 계승자들 중에서 가히 탁월하다고 해야 하는 것은 물론이고, 나아가 그들의 시조인 상고시대의 구대마존에도 근접했다고 할 수 있겠다.

그녀가 그처럼 탁월한 성취를 이룬 것은, 십성의 단계까지는 내공의 화후보다는 요결에 대한 이해와 깨달음의 정도가 절대적으로 우선되는, 천락비결의 특성 덕분이다. 그러나 가장 결정적으로는, 그녀가 그러한 쪽으로 특별히 타고난 재능이 천락비결의 근본 이치와 절묘하게 맞아떨어진 결과이다. 즉, 타고난 성정과 본능적인 성향에 있어서 그녀는 천락비결의 대성을 위한 극상(極上)의 자질을 갖췄다고 할 수 있겠다.

천락비결 궁극은 천락천유정경(天樂天遊情境)이다. 간략히 말하자면, 천락천유정경을 운용하면 상대는 일종의 몽중정사(夢中情事)에 빠져들며 극치의 쾌락을 경험하게 된다. 그런 중에

운용자의 의지에 따라서 상대를 정신적으로 종속시켜 영원히 지배할 수도 있고, 혹은 정혈을 고갈시켜 죽음에 이르게 할 수도 있다.

다만 천락천유정경을 펼치는 데는 엄격한 제약이 따른다. 즉, 천락비결의 성취가 적어도 구성(九成)에 이르기 전에는 천락천유정경을 펼칠 수 없다는 것이다. 그것은 성취가 구성에 미치지 못하는 상태에서 천락천유정경을 펼칠 경우, 운용자 스스로도 극치의 쾌락지경에 빠져들게 되고, 이윽고는 상대와 마찬가지로 정혈이 고갈되고 마는 까닭이다.

천락천유정경에는 또 하나의 치명적인 부분이 있다. 천락천유정경을 펼치고 그 쾌락지경이 정점에 이르렀음에도, 상대가 쾌락에 함몰되지 않고 평정심을 유지하는 경우다. 그런 경우, 운용자가 오히려 상대에게 정신적 종속을 당하는 역전의 상황이 일어나는 것이다.

물론 그런 경우가 생기는 것은 애초부터 불가능하다고 하겠다. 즉, 일단 천락천유정경에 한번 빠져든 이상에는 세상의 어느 누구도, 설령 일대(一代)의 현자나 성인군자라고 해도, 평정심을 유지하기란 불가능하기 때문이다. 결국 인간인 한에는, 인간의 본능을 조금이라도 가지고 있는 한에는 말이다.

희열

김강한은 까마득한 절벽 끝에 아슬아슬하게 버텨 서 있다. 아스라한 절벽의 아래에는 시뻘건 불꽃을 폭죽처럼 터뜨려 내는 거대한 용광로가 탐욕스럽게 아가리를 벌리고 있다. 욕망의 용광로다.

'더 이상은 버텨낼 수가 없다! 도저히!'

그는 이윽고 마지막까지 부여잡고 있던 한 가닥 이성의 끈마저 놓쳐 버리고 만다.

"아아……!"

무기력한 탄식을 흘리며 그는 천야만야(千耶萬耶)의 낭떠러지 아래로 추락한다. 그리고 그대로 거대한 욕망의 용광로 속으로 빠져들고 만다.

"크으으……!"

그의 육신이 불타고 있다. 온몸의 세포 하나하나까지! 생각의 작은 조각들까지! 그를 구성하는 모든 것들이 맹렬히 불타고 있다.

그런데 그때다. 문득 한 가닥의 청명한 기운이 그의 몸속을 흐른다. 아니다. 몸이 아니다. 그의 영혼 속으로다.

"아아~!"

그는 차라리 희열의 탄성을 터뜨리고 만다. 쾌락이 주는 희열이 아니다.

[그 어디에도 없고, 또한 그 어디에도 있는!]

바로 그것이다. 금강부동결의 마지막 두 문장 중의 그 대목이다. 그것이 주는 깨달음이다.

그의 정신을 쪼개들던 검마의 무형 기세! 그를 공포와 무력감에 빠뜨리며 꼼짝도 하지 못하도록 짓누르던 그것! 그것으로부터 한순간에 그를 해방시키며 자유롭게 만들었으나, 그때는 아쉽게도 그만 놓쳐 버리고 만! 바로 그 깨달음이다. 그 깨달음이 주는 희열이다.

그리하여 지금 이 순간에 그는, 금강부동공의 새로운 경지로 성큼 한 발을 들여놓고 있다.

극치

김강한은 여전히 욕망의 용광로에 빠져 있다. 그러나 욕망에 충실한 것은 그의 육신일 뿐이다.

피와 살과 신경조직과 감각기관일 뿐이다. 그의 정신은 맑게 깨어 있다.

침대에 반듯하게 누운 그의 몸 위에서 유미가 몸부림치고 있다. 그녀 또한 욕망의 용광로에 빠져 있다.

천락천유정경이다. 그러나 김강한이 평정심을 유지하고 있는 중에, 그녀는 스스로를 제어하지 못하고 열락의 극치에 빠져들어 있는 것이다.

김강한은 조용히 몸을 일으켜 침대에서 내려선다. 그리고 조용히 유미의 상태를 지켜본다.

그도 이제는 안다. 천락천유정경을 펼칠 수는 없어도, 그것이 어떤 것인지는!

"아아아~아!"

유미가 길게 소리친다. 쾌락의 정점에 도달한 것이리라! 이어 그녀는 혼절한 듯이 축 늘어지고 만다.

종속

유미는 눈을 뜬다. 그리고,

"아아~!"

자신도 모르게 나직한 탄성을 내지르고 만다.

온몸의 미세한 세포 조각들에 아직도 강렬하게 배어 있는 지난밤 열락의 여운들이 일시에 깨어나며 그녀를 전율하게 만든다.

조태강은 보이지 않는다. 그러나 그녀는 느긋하기만 하다. 조태강이 그녀에게 완벽하게 종속되었음을 확신하는 때문이다.

그러한 종속은 아주 은근하여 조태강 스스로는 전혀 인지하지 못할 것이다.

다만 그녀가 의도하거나 직접적으로 지시를 할 때, 그는 결코 그녀의 뜻을 거역하지 못한다. 무조건적이고도 절대적으로 그녀의 의지를 따르게 되어 있다. 그녀에게 종속되어 있음은 전혀 인지하지 못하는 중에, 마치 그 스스로의 의지인 것처럼!

그녀는 느긋하게 눈을 감는다. 아직 이른 새벽이다.

여전히 감미롭기만 한 열락의 여운을 조금 더 즐겨도 좋을 것이다.

미처 짐작조차 못 하는 또 한 가지

유미는 꿈에도 상상하지 못한다. 실상은 그 반대라는 것을! 종속된 것은 김강한이 아니라, 오히려 그녀 자신이라는 사실을! 천락천유정경에 의한 종속이란 것은, 그처럼 은밀하고도 내밀한 속성을 지니는 때문이다.

그녀가 미처 짐작조차 못 하는 사실이 또 한 가지 있다. 바로 그녀가 김강한에게 푼 장락밀에 대해서다.

어젯밤의 교합으로 김강한이 장락밀의 약성에서 해독이 된 것으로 그녀는 믿어 의심치 않는다.

그것 말고는 달리 해독할 방법이 없고, 해독되지 않았다면 지금쯤 김강한은 전신의 혈맥이 터져 살아 있지 못할 것이니 말이다. 그리고 무엇보다, 그녀 자신이 교합의 당사자인 것이다.

그러나 교합은 없었다. 그리고 김강한은 장락밀의 약성을 내단의 통제 아래 완벽히 억제해 두고 있는 중이다. 다만 그런 사실을, 그녀로서는 알 도리가 없다.

그도 죽었어요!

김찬은 힘겹게 눈을 뜬다. 머리가 무겁고 속이 쓰리다. 지난밤 과음의 후유증이리라! 목이 타는 듯하다.

갈증 때문에라도 그는 흐트러진 옷매무새 그대로 벙커를 나선다.

물론 그는 짐작조차 할 수 없다. 지난밤에 일시 벙커가 요새인 동시에 감옥으로 바뀌었으며, 만약 김강한이 아침 일찍 다시 벙커 출입문의 잠금장치 모드를 전환시켜 놓지 않았다면, 그 혼자서는 벙커에서 결코 나올 수 없었으리라는 사정에 대해서!

그가 주방의 냉장고에서 생수병을 꺼내 벌컥거리며 갈증을 푸는 중에, 마침 유미가 2층에서 내려오고 있다.

'……?'

그가 설핏 의아한 빛으로 되지만, 이내 덤덤하게 말을 건넨다.

"오늘 아침에는 해장을 좀 해야겠어!"

유미가 또한 덤덤한 투로 받는다.

"오늘은 아침이 없어요!"

그런 그녀는 뭔가 좀 달라진 느낌이다. 그가 힐끗 흘겨 훑는 것으로 새삼 그녀를 살펴보는데,

"아침을 먹을 형편이 아니에요!"

하고 덧붙이는 그녀의 기색이 사뭇 단호하다.

그가 그제야 뭔가 심상치 않음을 확연히 실감하며 무겁게 묻는다.

"전광은 어디 있소?"

"그는 죽었어요!"

그녀의 대답이 너무도 간단하다. 그러나 그것이 뜻하는 바의 경악과 충격은 결코 간단치가 않아서, 그는 그대로 얼어붙고 만다. 잠시의 경직된 침묵 끝에야, 그가 힘겹게 다시 묻는다.

"룽은……?"

"그도 죽었어요!"

"그렇군……!"

"이제 우리 둘뿐이에요! 그리고 중국으로 돌아가는 밀항선

시간에 맞추려면 우리는 서둘러야만 해요!"

김찬이 무겁게 고개를 끄덕인다.

"알겠소! 금방 짐을 챙겨 나오겠소!"

그리고 곧장 벙커를 향해 성큼성큼 걸어가는 그의 모습에서는, 벌써 경악과 충격을 벗어낸 듯이 냉정하고도 무심한 기색마저 비친다.

잠시간 안녕!

삐리~릭!

현관의 문이 열리자, 유미의 시선이 즉각 그쪽으로 쏠린다. 그러나 그녀는 이내 실망의 기색을 비친다. 안으로 들어서는 사람이 조태강이 아닌 때문이다. 첫날 박광천 수석과 동행했던 예의 그 수행 요원이다.

"조 선생은 어디 있습니까?"

유미의 물음에 수행원이,

"복귀했습니다!"

하고 간단히 대답한다. 유미는 다시 묻지 않는다. 대신 소파 위에 둔 자신의 가방을 열고, 그 안의 짐들을 하나하나 다시 챙겨본다.

사실은 다시 챙겨볼 것도 없는 간소한 짐이다. 다만 그녀

스스로의 마음을 정리하는 중이다. 처음으로 느껴보는 생경한 감정들이 그녀를 사뭇 당황스럽고도 혼란스럽게 만들고 있는 때문이다.

'우린 곧 다시 만나게 될 거야! 그럼 잠시간 안녕!'

그녀는 가만히 혼자만의 미소를 그려본다.

『강한 금강불괴되다』 8권에 계속…